公主傳奇 8

當公主遇上大俠 修訂版

馬翠蘿 著

新雅文化事業有限公司
www.sunya.com.hk

人物簡介

周曉星

周曉晴的弟弟，一個風趣幽默的淘氣精，不時有天馬行空的奇怪想法。

馬小嵐

來自香港的烏莎努爾公主，聰明美麗、正直善良。敢於向困難挑戰，最喜歡說的話是「天下事難不倒馬小嵐」。

✤ 萬卡 ✤

烏莎努爾公國第十九
代國王，風度翩翩、
英勇果敢。是國民眼
中的好君王，小嵐和
曉晴曉星心目中的暖
心大哥哥。

✤ 周曉晴 ✤

馬小嵐的好朋友，
漂亮活潑，喜歡打
扮，最常做的事是
和弟弟鬥氣。

目錄

第一章

傳國玉璽被竊

小嵐吃完早餐後，就開始登入互聯網看新聞。看完烏莎努爾的又接着看香港的，這是她每日的習慣。

港聞版上，一條粗體字的標題映入眼簾：

古墓喜見失蹤珍寶　千年玉璽再現馬灣

本報訊：香港馬灣一處建築工地發現古墓葬，墓內棺槨打開後，竟發現了失蹤一千多年的極富傳奇色彩的傳國玉璽……

「傳國玉璽！」小嵐不由得輕輕地喊了一聲。

傳國玉璽來歷非凡。秦始皇建立起中國歷史上第一個王朝之後，也如願以償得到了幾代秦王朝思暮想的晶瑩美玉——和氏璧。為了顯示自己前無古人的至尊偉大，秦始皇用和氏璧製作了「傳國玉璽」。玉璽上螭龍盤踞，璽文由丞相李斯用大篆題寫「受命於天，既壽永昌」八個大字。價值連城的玉質，巧奪天工的雕刻，加上蓋世無雙的書法，使這枚玉璽成了精美絕倫的藝術品，也成為歷代皇帝

承天受命的象徵。

這珍貴的傳國玉璽從秦朝一直傳至五代的後唐，前後約一千二百年。後唐末帝李從珂被叛軍擊敗時，帶着玉璽登樓自焚，玉璽從此下落不明。

宋、元、明、清歷朝都有發現所謂傳國玉璽的記載，不過後來都證實只是好事者的狗尾續貂，連當時的皇帝都認為那些是假的。傳國玉璽就像一個善於製造懸念的大師，留給後人的，只是一個千古之謎。

難道，香港這次真的發現了失蹤已久的稀世奇寶？

小嵐繼續看新聞。

「……鑑於歷代曾出現以假亂真的傳國玉璽，所以特區政府正火速聯絡內地有關部門，請派權威人士前來進行鑑別。玉璽暫存放香港展覽館內……」

網上還上傳了一張照片，可以清晰看到那玉璽方圓四寸，雕有五條龍，正面刻有「受命於天，既壽永昌」八個篆字。

那正是歷史記載中傳國玉璽的模樣啊！

希望這玉璽是真的。

小嵐很有一種衝動，很想馬上飛回香港，一睹玉璽的風采。

「鈴——」

手提電話突然響了，小嵐放下滑鼠去聽電話。

電話裏傳來一把渾厚的男聲：「是小嵐嗎？」

「是呀，您是哪位？」

「我是羅建中。」

「啊，是羅叔叔，好久沒見了，您好嗎？」

致電小嵐的人正是香港特區現任行政長官。

「我很好，你呢？學習忙不忙？學校放假了吧？」

「今天下午回學校行散學禮，明天開始放假了。」

「那太好了。有事請你回香港幫忙呢。你看過今天報紙沒有？知道發現傳國玉璽的事吧？」

「知道知道。鑑別結果出來了嗎？」

「唉……」羅建中在電話那頭歎了一口氣，「昨天夜裏，玉璽被盜了。」

「啊，被盜了！」小嵐大吃一驚，又問，「有沒有破案線索？」

「有啊！我們想請你回來，根據線索幫忙破案，你有時間嗎？」

小嵐馬上答應：「有有有。事不宜遲，我下午散學禮後就坐飛機回去。」

「那太好了，我明天早上在香港展覽館等你。」

8

「好，一言為定！」

小嵐放下話筒，心想：好可惡的盜賊，連國寶都敢偷！看我馬小嵐非把你揪出來不可。

小嵐馬上去找曉晴曉星，他們倆本來也打算放假回香港看望爸爸媽媽的，這回正好一塊回去。

曉星見到小嵐進來，忙跑過來：「小嵐姐姐，早晨！」

「早晨！」小嵐說，「你們不是打算回去看望伯父伯母嗎？今晚我會乘『皇家一號』回香港，你們可以搭順風機。」

曉晴高興地說：「小嵐，你也跟我們一塊回香港？」

小嵐點點頭：「對，羅叔叔找我去幫忙破一個案子。」

「羅叔叔有說也請我幫忙嗎？」曉星用期待的目光看着小嵐。

「我呢？」曉晴也湊上來，「一定有，對不對？」

「沒有！」羅叔叔確實沒提他們倆啊！

「嗚——」曉星不由得扁起嘴。

「不過，如果有人乖的話，我會請他做助手。」小嵐說。

「我乖！我乖！」那兩姐弟嚷嚷着。

小嵐笑嘻嘻地説：「好，就請你們吧！」

「耶，耶！」曉星高興得一蹦一跳的。

曉晴不像他那麼誇張，只是得意地笑着。

散學禮後，小嵐去向萬卡辭行。問過侍衞長，得知萬卡還在辦公室忙着，她便徑直往那裏去了。

國王辦公室門口有兩名持槍的衞兵，一見小嵐，忙立正行禮。一名衞兵説：「公主殿下，我替您通報。」

小嵐擺擺手，説：「不用，別驚動陛下，我自己進去行了。」

兩名衞兵齊聲説：「是！」然後打開了那兩扇厚重的門。

兩千多呎的大辦公室裏，三面全是文件櫃，正面處擺着一張巨大的辦公桌，萬卡坐在桌子後面，正低頭批閱文件。

可能是房間太大了，或者是萬卡工作得太專注了，他並沒有發現有人進來。

小嵐悄悄走到萬卡身後，伸手摀住他的眼睛。

萬卡放下手中文件，開懷地笑了。不用猜就知道是誰，當今世界，除了他深愛着的小公主馬小嵐，有誰敢跟他這樣一個威震天下的年輕國王開玩笑！

「小嵐，我知道是你！」他輕輕掰開小嵐那雙

暖暖的小手。

「一點都不好玩，每次都讓你猜中！」小嵐嘴裏埋怨，臉上卻笑嘻嘻的。

萬卡牽着她的手，走到旁邊一張沙發，兩人並肩坐着。

萬卡用溫和的眼神看着小嵐：「散學禮完了嗎？」

「完了。」小嵐美美地伸了一下懶腰，又趕緊坐正身子，興奮地說，「不過，剛剛接到一個新任務。」

萬卡看着她那雙撲閃着的大眼睛，笑着問：「嘩，我的小公主好忙啊，又有什麼新任務了？」

小嵐說：「你有沒有看過今天的新聞？知不知道香港發現傳國玉璽的事？」

萬卡點點頭：「我看到新聞了，鑑定有結果了嗎？」

小嵐歎口氣道：「專家還沒到，玉璽就被盜了。」

萬卡吃了一驚：「什麼！這些竊賊膽子可真大呀，找回來沒有？」

小嵐搖搖頭說：「還沒有。只是香港那邊發現了一點線索，羅建中叔叔請我回去協助破案呢！這次任務責任重大，牽涉到極為重要的國寶。萬卡哥

哥，你跟我一起回香港好嗎？」

萬卡有點無奈地説：「我好想跟你一塊去，但最近有很多緊急國務要處理呢！」

小嵐明顯地有點失望，但她還是表示理解：「我明白，國家大事要緊，我有曉晴曉星陪也行啊！」

小嵐越是明事理，萬卡心裏越是歉意：「真對不起！我老是抽不出時間陪你……」

小嵐打斷他的話：「別説對不起。你是一國之君，如果你撇下國家大事去陪女朋友，我才不答應呢！」

「女朋友？！」萬卡一聽可高興了，之前小嵐對他的求愛一直都是模棱兩可的，從來沒有正式承認過他們的男女朋友關係呢！他一把拉住小嵐的手，叫道，「你終於承認是我女朋友啦！太好啦，太好啦！」

一向內斂的萬卡，竟開心得扯起小嵐，在辦公室跳起華爾滋來。

「鈴 ──」電話響起。

萬卡拉着小嵐，一路旋轉着去到電話機旁，才停了下來。他一隻手去拿話筒，一隻手仍拉着小嵐。

「喂，什麼事？接見英國首相的時間快到了？

嗯，我馬上過去。」

萬卡放下話筒，一副不情不願的樣子，問小嵐：「取消接見，好不好？」

小嵐一把抽回自己的手，説：「白癡！當然不好！」

萬卡笑了，他擠擠眼睛，説：「跟你鬧着玩呢！我什麼時候有過因私忘公……」

小嵐眼睛一瞪：「哦，你什麼時候學得這樣壞，學會捉弄人了，一定是跟曉星那傢伙學的。」

萬卡哈哈大笑：「什麼跟曉星學？我是跟你學的，跟你學了一點點『小壞』。」

「啊，你説我壞，我就壞給你看！看我打得你變豬頭！」

小嵐舉起拳頭要揍萬卡，嚇得萬卡趕緊逃。

門外的衞兵聽到喊打聲，趕緊推開門。只見他們至高無上的國王被小嵐公主追打着，嚇呆了，竟不知作何反應……

第二章

六千呎高空說故事

六千呎高空上，「皇家一號」在飛翔。

聰明的讀者一定知道，這飛機一定是飛往香港，裏面的乘客一定是馬小嵐跟曉晴曉星了。

非常正確。不過，除了他們三個和機組人員之外，飛機上還有四名保鏢。這是萬卡特地指派來保護小嵐公主的。

之前很多次出外遇險，小嵐差點小命不保，所以萬卡決定日後公主出遊，一定要有保鏢隨行。

小嵐可是一千個一萬個不願意，可是一向順從她的萬卡卻在這問題上顯得異常固執，到最後，那四條「尾巴」（曉星的比喻）還是跟着他們上了「皇家一號」。

曉晴倒是十分享受這待遇，有四個帥帥的保鏢跟在後面，多神氣啊！走在街上回頭率一定暴升呢！

一上飛機，小嵐就把那四個帥哥打發到其他機艙，所以現在只有他們三個人。

曉晴和曉星知道他們此行是為尋回被盜的傳國玉璽之後，都十分興奮，纏着小嵐要她講有關傳國玉璽的故事。幸好小嵐有「做功課」，便娓娓道來。

　　「中國歷史上，堪稱國之重寶的器物不在少數，但恐怕沒有一件比得上傳國玉璽。它是野心家夢寐以求追逐的目標，它的出現和消失，甚至成為王朝更替、江山易幟的象徵。」

　　曉星眼睛瞪得大大的：「嘩，厲害，厲害！」

　　小嵐說：「即使是製造玉璽的材料，也極富傳奇色彩呢！你們聽過和氏璧的故事嗎？」

　　「啊，莫非傳國玉璽是用和氏璧造的？」曉星驚訝極了，「我看過和氏璧的故事，說的是春秋時，楚人卞和在山中看見有鳳凰棲落在青石板上。依據『鳳凰不落無寶之地』的傳說，他鍥而不捨地在山中尋找，終於發現一塊璞玉。卞和先後將璞玉獻給楚厲王和楚武王，但都被認為是石頭，結果以欺君之罪被砍掉了左右腳。後來楚文王即位，卞和抱着璞玉在荊山腳下痛哭，哭得雙眼流血。文王被他的誠意所感動，便把璞玉拿去命玉匠打磨，發現裏面異光閃爍、璀璨奪目，果然是稀世寶玉。最後璞玉由良匠雕琢成璧，取名『和氏璧』。」

　　「唔，曉星對中華文化還挺熟悉呢！不錯，不

錯！」小嵐大聲地表揚着，令曉星得意非常。

小嵐又問：「那你們又知不知道『完璧歸趙』的故事？」

曉晴不想讓弟弟專美，搶着回答：「我知道！『完璧歸趙』是講藺相如保護和氏璧的故事。我還看過這個話劇呢！那演藺相如的男演員，帥極了！『完璧歸趙』的故事是說，和氏璧後來落入趙國國君趙惠文王手中，秦國國君秦昭王很想得到和氏璧，便向趙惠文王去信，表示願拿十五座城池進行交換。秦國勢大，趙惠文王不敢拒絕，只好命大臣藺相如將璧送到秦國。沒想到，秦昭王拿着美玉愛不釋手，但卻想食言，不交出城池。多虧藺相如大智大勇，奪回和氏璧，挫敗秦王的陰謀詭計，終於『完璧歸趙』。」

小嵐拍拍曉晴的肩膀，說：「曉晴也不錯啊，值得表揚！」曉晴得意地朝曉星擠擠眼睛，曉星就不服氣地朝她吐舌頭。這兩姐弟，真「服」了他們！

曉星急着聽小嵐講下去，首先偃旗息鼓。他坐正身子，問道：「小嵐姐姐，和氏璧既然已經『完璧歸趙』，那後來怎麼還是落入了秦始皇手中呢？」

小嵐說：「秦王嬴政登位後，打敗了趙國，所

以也把和氏璧搶到手了。後來天下一統，嬴政稱始皇帝，就用和氏璧造出了我們現在稱的傳國玉璽。」

曉晴和曉星早忘了剛才的爭拗，異口同聲地問：「那玉璽後來是怎樣失蹤的？」

小嵐說：「玉璽一直傳到後唐，末代皇帝李從珂被叛軍圍困，無路可走，他帶着玉璽自焚，玉璽從此便在世界上消失了。」

曉晴一頓腳：「唉，這麼好的寶貝，失蹤了一千多年，好不容易在香港找到，但又被人偷了，真氣人！」

小嵐說：「其實自從玉璽失蹤之後，不時都有傳出找到的消息，早前，還傳說玉璽流入了美國呢！不過，後來都證實是後人模仿之作，並非真品。」

曉星說：「香港是塊寶地，説不定，這次發現的玉璽是真的呢！」

小嵐拍拍曉星的肩頭：「我也希望是。所以，我們要想盡辦法，查出盜賊蹤跡，找回玉璽。」

「好！」曉星一拍胸口，說，「小嵐姐姐，我會竭盡全力，幫你找到真兇！」

曉晴不屑地瞟了他一眼：「小屁孩一個，有什麼能耐幫助小嵐？還是我曉晴大美女出馬好了，一

聲號令，爭着幫我捉賊的人有的是！」

曉星朝她扮鬼臉：「大美女？不害臊，不害臊！」

曉晴回敬説：「你才不害臊，你才不害臊！」

曉星毫不示弱：「你才是，你才是！」

「停！」小嵐不耐煩了，大喊一聲，「誰再吵就別想當我助手了！」曉晴曉星不約而同地用手摀住嘴。

小嵐「噗嗤」一聲笑了。這兩傢伙，説他們不是一母同胞都沒人信，連小動作都一樣。

他們就這樣説一回故事，又打鬧一回，後來睏了，就一個個歪倒在躺椅上睡着了。

小嵐最先醒來，她一看外面，發現飛機已經到達香港，並且降落在停機坪上了。看看旁邊，曉晴和曉星還睡得像死豬一樣。小嵐一看錶，糟了！原來已經是第二天早上八點多了。她趕緊喊道：「曉晴，曉星，快起來！」

接着她按鈴喚人進來。一位漂亮的空中小姐推開門，彬彬有禮地朝小嵐鞠了個躬：「公主，早上好！」

她又朝睡眼惺忪的曉晴曉星鞠了個躬：「周小姐，周先生好。」

小嵐用埋怨的口吻問：「怎麼不早點叫醒我

們？我們有急事要辦呢！」

空姐滿臉笑容地回答：「對不起，公主。蔡先生一早打電話來，吩咐不要打擾你們休息。」

她口中的蔡先生，是特區政府辦公室的主管蔡雄平，也是小嵐他們的老朋友。小嵐說：「那好，你趕快送早餐來，我們吃後馬上走。」

空姐說：「好的，請公主稍等，馬上送來。」

第三章

嫌疑人物

小嵐吃好早餐，見那兩姐弟還在懶洋洋地收拾背囊，便説：「快點啊，我先下去了。」

小嵐一下飛機，就看見蔡雄平和一名中年男士早已站在停機坪上等候。一見到小嵐，蔡雄平馬上笑瞇瞇地迎上來，説：「啊，一段日子不見，小嵐不但長高了，而且還越來越漂亮了。」

「謝謝蔡叔叔誇獎！」小嵐又笑着問，「張阿姨好嗎？」

她問的是蔡雄平的太太張圓。張圓是一家親子鑑定中心的負責人，之前小嵐幫助烏莎努爾尋找流落民間的王子時，曾由張圓協助做過親子鑑定。

蔡雄平説：「她很好，謝謝。她挺想你呢！老説什麼時候你回香港，約你見見面，聊聊天。」

小嵐説：「我也想她呢！找時間一塊去喝咖啡，好不好？」

蔡雄平説：「好啊，一言為定。」

蔡雄平接着給小嵐介紹那名中年男士：「這位

是展覽館館長余卓之先生。」

余卓之上前一步，緊握小嵐的手，說：「小嵐公主，歡迎你！你能回來幫忙，真是太好了！」

蔡雄平說：「傳國玉璽失竊，余館長都快愁死了。聽到你能回來幫助破案，他不知有多高興呢！」

小嵐笑着說：「謝謝余館長的信任，我會盡力協助的。」

這時候，剛走下舷梯的曉星「吱溜」一下鑽了過來，站在余館長面前：「館長叔叔，請你放心，我也會幫忙的。」

不知怎的，余館長一見曉星，竟露出吃驚的樣子，他張嘴想說什麼，被蔡雄平截住了：「呵呵呵，曉星也回來了，是來看爸爸媽媽的嗎？」

曉星挺挺胸，說：「主要是來當小嵐姐姐助手的。我們這就跟小嵐姐姐一塊去展覽館。」

蔡雄平面露尷尬：「不如你們先回家看爸爸媽媽……」

曉星卻一口拒絕：「不，尋找玉璽要緊！」

「這……」蔡雄平撓撓頭。

結果，九個人分乘兩部勞斯萊斯，直向香港展覽館而去。

突然，「鈴」的一聲，小嵐的手提電話響了。

小嵐接聽：「我是小嵐，請問哪位？」

電話裏傳來周家媽媽帶着哭腔的聲音：「小嵐，小嵐，我是周伯母，請你馬上回香港一趟。幫幫我，幫幫我！」

小嵐吃了一驚：「伯母，您別激動，慢慢說。」

周家媽媽說：「你快來，快來救救曉晴姐弟，他們瘋了！」

「啊！」小嵐十分錯愕地看了看身旁，那姐弟倆正在玩着一個無聊的遊戲，就是各自把一瓶礦泉水放在頭頂上，不許用手去扶，誰的瓶子不掉下來就算贏。

他們沒有瘋啊，只是有點幼稚而已。

小嵐很是疑惑：「伯母，您説什麼？他們沒事啊！」

「有事，有事！」周家媽媽用幾乎哀求的口吻説，「小嵐，我求求你，請你馬上回來一趟！我們在清沙灣的別墅，你快來啊，快來啊！」

小嵐心想：莫非是周家媽媽憶子女成狂，神經出毛病了？

她不禁擔心起來，如果不是羅叔叔正在展覽館等候，她一定會立刻趕去周家。

她安慰説：「伯母，放心，我現在在香港，我會儘快趕去您那裏的。」

掛線後，小嵐想了想，説：「曉晴曉星，你們先回家一趟吧！你們媽媽剛打電話來，説了些莫名其妙的話……你們快回去吧，她在清沙灣別墅，見到你們，她就會放心了。」

「不要嘛！」曉星撅着嘴，「我要跟你一塊去展覽館……」

還是女孩兒貼心，曉晴擔心地問：「媽媽怎麼了，説了些什麼？」

小嵐皺着眉説：「我也聽得莫名其妙，反正有點神經兮兮的。我擔心她太想你們，想出毛病來了。」

「那我們馬上回去。我去截的士好了，這裏截車很方便。」曉晴對司機説，「麻煩停停車！」

車子穩穩地停住了。

沒想到曉星卻用手抓着椅背，硬是不肯下車。小嵐和曉晴死拖硬拽的，才把他拉下去了。那傢伙死不服氣，直到勞斯萊斯開走了，他還在後面追着大喊大叫，一副氣憤難平的樣子。

小嵐等人很快便到了香港展覽館。

不知是因為未到開放時間，還是因為館內失竊暫時閉館，一路除了見到很多保安員之外，沒有見到一個參觀的人。

羅建中已經在會客室等着，一見小嵐進來，馬上起立迎上來：「小嵐，你好你好，這次又要辛苦你了。」

小嵐笑着說：「羅叔叔別客氣，我是香港人，幫家鄉做事，很光榮呢！」

羅建中一臉讚許：「真是個好孩子！」

因為羅建中馬上要去參加一個重要會議，跟小嵐寒暄幾句後便匆匆走了。蔡雄平帶隨行的四名保鏢去另外的地方休息，會客室只留下小嵐和余館長兩個人。

小嵐性急地問：「有關傳國玉璽失竊，究竟是怎麼回事？」

余館長說：「在馬灣找到玉璽的事，相信公主已經看過有關新聞了。我們已經第一時間發函，邀

請楊學書教授來港幫助鑑別玉璽，楊教授是國內對傳國玉璽最有研究的專家。但不巧的是，楊教授剛好出國訪問，要過幾天才能回國再來香港，所以我們暫時把玉璽放在展覽館的重要展品區裏，邊給市民觀賞，邊等候專家前來。」

小嵐問：「重要展品區的保安情況如何？」

余館長回答說：「那裏採用現時世界上最頂尖的高科技防護系統，只要系統一開啟，別說是人，連小蚊子飛進去，都會響起警鈴。晚上閉館之後，防護系統會更進一步升級，天花預設的系統會放出一道俗稱『銅牆鐵壁』的電網，電網嚴密地罩住展品，這時候，任何東西都無法穿越電網。之前那裏放過無數珍貴展品，如世界最大的八克拉的藍鑽石、乾隆皇帝的御璽、幾千年前的金縷玉衣等等，都安然無恙。」

「盜玉璽的賊人可真不簡單，這麼厲害的防護系統都能破解。」小嵐若有所思，又說，「不是說有一點破案的線索嗎？我想看看。」

「好的。」余館長按了一下鈴，一名工作人員便拿着一盒小巧的錄影帶進來。

余館長又按下一個按鈕，天花徐徐落下一塊大屏幕，余館長把帶子放入放映機，開始播放。

「這是前天下午三點十二分的錄像。」余館長

解説着。

　　屏幕上出現了一個展覽廳，展覽廳的中央用鐵欄圍起一個約兩百平方呎的展場，展場中間有個不停地旋轉着的圓柱體，柱頂放着一枚玉璽，那玉璽發出幽幽的光，美極了。

　　展場外面擠滿了人，每個人臉上都露出好奇和渴望的神色，饒有興味地看着那充滿傳奇色彩的傳國玉璽。

　　小嵐問：「那你們提到的線索……」

　　余館長按了一下快進掣，帶子跳到了下午五時四十分。

　　因為已近六點的收館時間，展覽廳裏參觀的人變得很稀少，可以清晰地看到一個男孩子趴在圍欄上，脖子伸得長長的，很誇張地拿着一個高倍望遠鏡，目不轉睛地盯着玉璽看。旁邊一個女孩在指指點點跟男孩說着什麼。

　　「曉晴，曉星！」小嵐脫口而出。

　　「對，剛才在機場看到他們，我真嚇了一跳呢！錄像裏的兩個孩子分明就是他們倆。」余館長繼續說，「我們仔細看了那天的錄像，就數他倆最有嫌疑。他們從下午三點多就進場，一直不肯走。他們帶來了大大小小七八個望遠鏡，前前後後、左左右右，東瞧瞧、西瞧瞧磨蹭了幾個小時，形跡實

在可疑。」

小嵐急忙搖頭說：「不，不會是他們！你這段錄影是前天下午錄的，那時候，曉晴曉星正在烏莎努爾的學校裏上課呢！」

余館長說：「是的。蔡先生曾經請入境處查過他們的出入境記錄，那時候他們根本不在香港。但是很奇怪，怎麼他們長得跟這兩個人這麼像呢？曉晴曉星沒有孿生姐弟吧？」

「應該沒有啊！」小嵐突然想起了什麼，她大喊一聲，「啊，莫非……」

余館長急忙問：「莫非什麼？」

看過《守護寶藏的公主》的讀者一定知道小嵐想說什麼，她想起之前一起穿越時空來到香港，但又失去了聯絡的小雲和小吉！

小雲和小吉是宋代人，他們的外貌長得跟曉晴曉星一模一樣。

小嵐沒有回答余館長的話，只是腦子裏飛速地想着事情。她回想起剛才周伯母的電話，周伯母提到曉晴曉星「瘋了」的事。莫非是小雲小吉來到香港後，鬼使神差地到了周家，神經兮兮地鬧出什麼怪事，而周伯父周伯母又把他們當成自己的兒女，所以被嚇着了。

小嵐張了張嘴，但又忍住了。告訴余館長說錄

影帶裏的兩個孩子很可能是從宋代穿越時空來的小雲小吉？這樣怪異的事他怎會相信！

「哦，我是想說，或許他們真有孿生姐弟，只是我不知道而已。」小嵐又提出疑問，「但如果看到他們有這樣的古怪行為，就懷疑是他們偷了玉璽，就未免太武斷了吧？」

余館長說：「還有下文呢！」

余館長又按一下快進掣，帶子跳到了半夜三點零七分。

還是那個展覽廳，圓柱上的玉璽還在。這時，「銅牆鐵壁」應已經啟動，可以看到那個玉璽周圍，交織着千萬條藍線，就像覆蓋着一張精密細緻的網。

就在這時，風馳電掣般捲進了兩個黑影，緊接着展廳裏所有燈一下滅了，藍網也不見了，屏幕上一片黑暗。黑暗大約持續了五六秒鐘，就恢復了光明，但是畫面上不但沒有了人影，連玉璽也不見了。

又是兩個人！怪不得人們會產生懷疑了。

小嵐想了想，說：「余館長，這樣吧，我現在就去找曉晴曉星，向他們了解一下情況，看看他們有什麼說法。」

她又拿出一隻USB隨身碟，把錄影帶裏跟曉晴曉星有關的那些片段下載下來。

第四章

周家別墅裏的怪事

蔡雄平和余館長把小嵐送到展覽館門口，那部加長的勞斯萊斯早已在那裏等候着，早上見過的那位年輕司機正靜靜地站在車子旁邊。蔡雄平對小嵐說：「忘了介紹，這位是司機小金子，人很好，你想去哪裏儘管跟他講。」

小嵐朝小金子點點頭：「小金子，麻煩你了！」

小金子咧開嘴，露出一臉燦爛的笑容：「一點不麻煩。為我們美麗的港產公主開車，是我無上的榮耀。」

這時，四名身穿白色西裝的保鏢魚貫而出，小嵐一見就腦袋發漲。她一向習慣獨來獨往，現在一天到晚有四個人跟着，好不煩人。

上車後，小金子問：「公主，請問去哪？」

小嵐惦記着周家不知發生了什麼事，她剛要說去「清沙灣」，但又改變主意，對小金子說：「去王子大酒店。」

「好的！」小金子一踩油門，車子就穩穩地開動了。

車子很快到了王子大酒店，停定後，小嵐對保鏢裏的小頭目阿猛説：「蔡先生已經替我們在這家酒店訂了房間，你們先去登記入住，我去看一個朋友，馬上回來。」

阿猛猶豫着：「公主，國王叫我們寸步不離保護您，我們還是跟您一塊去看朋友吧。」

小嵐故作生氣：「難道你們連我的話都不想聽嗎？」

阿猛趕緊説：「不是不是，公主之命，我們哪敢不聽。只是怕公主萬一遇到危險……」

小嵐説：「不會的，香港是我長大的地方，危不危險我清楚得很。光天化日的，誰敢動我？你們放心吧！在房間裏看看電視，打打遊戲機，我很快就回來。」

阿猛無奈地帶着三個手下下了車，他又回過頭來，對小嵐説：「那公主您千萬小心，看完朋友趕快回酒店。」

小嵐説：「好啦好啦，阿猛，你比我太奶奶還嘮叨呢！」

阿猛還想説什麼，機靈的小金子早已關上車門，「呼」地一下把車子開出老遠。

「謝謝小金子。啊，好舒服啊！」小嵐在寬敞的車子裏舒服地伸了伸懶腰，愜意地説。

　　小金子笑嘻嘻地説：「不用謝！」

　　小嵐讓自己坐得更舒服些，然後腦子又飛速運轉起來。錄影帶裏行為古怪的那兩個人，應該是小雲小吉。但是，夜盜玉璽的那兩個人也是小雲小吉嗎？他們能有那麼大的本領，衝破高科技的防護系統「銅牆鐵壁」？

　　不像，這方面不像他們。

　　小金子車開得又快又穩，不一會兒就到了周家位於清沙灣的小別墅。那裏三面環水，環境很幽靜。小嵐讓小金子先回禮賓府，自己就急急地朝周家走去。

　　「小嵐姐姐！」

　　有人喊她。回頭一看，見到一部的士剛停下，車上有個男孩在朝她招手。

　　啊，是曉晴曉星！怎麼搞的，他們現在才到家！

　　曉星打開車門走下車，接着是曉晴。

　　小嵐驚訝地問：「你們……」

　　曉晴氣哼哼的：「都怪曉星，硬要司機走條『歪路』，大塞車呢！氣死人了，在車上憋了一個多小時！」

曉星朝他姐姐翻白眼，不服氣地說：「你知不知道什麼叫『天有不測之風雲』，那條路一向都很順暢的嘛，誰知道今天會這樣！我看這事得怪你，早知道跟着小嵐姐姐去辦案，現在我們也辦完案回來了。」

　　曉晴向弟弟瞪眼睛：「你……」

　　那兩姐弟一吵嘴就會沒完沒了，小嵐不客氣地截住曉晴的話：「你們別再吼叫好不好？你們家還不知道出了什麼事呢，還有心情吵！快回家吧！」

　　那兩傢伙這才記起了回來的目的，馬上爭先恐後地奔回家去。

　　周家別墅是一幢三層高的小洋房，別墅前面用木欄柵圍起了一個小花園，曉星推開虛掩的小木門，三個人走了進去。

　　樓下大門緊閉着，曉星用力敲門：「爸爸，媽媽，開門！」

　　門一下被拉開了，露出周家媽媽惶恐的臉。一見曉晴曉星，她倒吸一口氣，眼睛睜得溜圓，嘴巴張成個「O」字，臉上顯得驚恐莫名。

　　曉星莫名其妙，問：「媽媽，您怎麼啦？」

　　這時，周家媽媽身後走來了周家爸爸，他一見站在門口的曉晴曉星，臉上竟也露出和周家媽媽一樣的表情。

曉晴伸手拉拉媽媽的手，沒想到被媽媽甩開了：「你⋯⋯你是什麼人？！」

曉晴大驚，她說：「媽媽，您怎麼啦？我是曉晴呀！」

周家媽媽像見到怪獸恐龍似的後退一步，嘴唇顫抖地說：「你是曉晴？不，你不是！」

曉星被爸爸媽媽的舉動嚇壞了，他惶惑地說：「媽媽，爸爸，你⋯⋯你們不是生病了吧？我是曉星，她是曉晴，還有⋯⋯」

曉星把站在後面的小嵐拉了過來：「這是小嵐姐姐，天下事難不倒的很厲害的小嵐姐姐，你們該認得吧？」

只見周家媽媽和周家爸爸眼睛一亮，兩人不約而同伸手死死地抓住小嵐，就像溺水的人抓住了救生圈一樣。

周家媽媽語無倫次說：「小嵐，小嵐，好多怪事，好多⋯⋯又多一個曉晴，曉星。他們姐弟瘋了，他們在犯法呢！他們有好多好多錢⋯⋯出事了，出事了⋯⋯」

小嵐摟着周家媽媽的肩膀，努力去安撫她：「伯母，您鎮靜點，我們進屋去，坐下慢慢說，慢慢說⋯⋯」

周家媽媽順從地被小嵐扶着進了屋。

樓下是一個寬敞的客廳，小嵐讓周家媽媽、周家爸爸坐到沙發上，又讓曉星曉晴坐到他們身邊。

她自己則拉一張椅子，坐到沙發對面。

「伯父伯母，究竟發生了什麼事？他們真的是曉晴曉星呢，你們把他們嚇壞了。」

周家媽媽戰戰兢兢地伸出手，摸了摸曉晴，又摸了摸曉星，狐疑地説：「他們真的是曉晴曉星？奇怪，那三樓的那兩個是誰呢？」

小嵐一聽，就知道自己早前的猜測對了。

曉晴曉星卻丈八金剛摸不着頭腦，異口同聲地問：「什麼，樓上還有兩個我們？」

周家爸爸説：「是呀。一個星期前，曉晴曉星突然出現，我們都覺得有點奇怪，他們以前回來都會事先來電話，讓家裏收拾好房間。但這次卻突然就回來了。」

周家媽媽接着説：「還有，他們穿得奇奇怪怪的，做的事也奇奇怪怪的。而且，他們對很多司空見慣的東西都大驚小怪的，連電燈、電視機這些普通物品都湊上去研究上大半天。」

周家爸爸也説：「是呀，那天我開車帶他們去吃飯，他們興沖沖的簡直想把車子拆了，説要弄清楚它為什麼跑得比馬車還快。」

周家媽媽壓低聲音：「還有，早兩天，他們神

秘兮兮地提着兩個大袋子回來了，一打開，裏面全是一疊疊五百元面值的紙幣！我真害怕他們是去搶銀行了……」

曉星和曉晴越聽越生氣，曉星「砰」地跳起來，拿起牆上掛着的一把木劍，說：「哪裏來的妖怪，竟敢冒充我們，我叫他們有來沒回！」

他一轉身，「砰砰砰」跑上樓，曉晴也跟着跑上去了。

「你們別衝動！」小嵐一把沒抓住他們，也只好跟着上樓去了。

第五章

老祖宗駕到

　　曉晴曉星的房間是毗鄰的，而且正對着樓梯，所以大家一跑上三樓，就把兩個房門大開的房間看得清清楚楚。

　　只見左邊房間有個長得跟曉星一樣的男孩趴在地上，把曉星心愛的飛機、汽車模型拆得一塌糊塗；右邊房間擺了一地的衣服，有個和曉晴一樣相貌的女孩，把一條粉紅裙子在身上美滋滋地比着。

　　「哪裏來的小妖，竟敢動我最喜歡的模型！」曉星揮劍衝了進去。

　　「哪裏來的妖女，竟敢動我的衣櫃！」曉晴氣急敗壞地直奔進房間。

　　不好了，打起來了！

　　小嵐大喊一聲：「曉晴曉星，小雲小吉，你們全給我住手！」

　　四個混戰着的人一聽都愣了，原先在房間裏的人狂呼着跑了出來：「小嵐姐姐，是你呀！」

　　「小嵐，我們找得你好慘啊！」

不出小嵐所料，他們果然是和小嵐穿越時空回到現代時失散了的小雲和小吉。

「小雲、小吉！」

「小嵐！」

「小嵐姐姐，可找到你了！」

三個人大呼小叫的，高興得抱作一團。

周家四口，莫名其妙地站在一邊，不知怎麼回事。

久別重逢，三個好朋友興奮得又跳又叫足足嚷了幾分鐘才停下來，小嵐對曉晴和曉星說：「你們記不記得，我曾跟你們說過，我穿越時空去宋代時，舉目無親，幸得兩個跟你們長得很像的男孩女孩相助……」

「聽過。」曉星大喊一聲，「啊！莫非他們就是小雲小吉？」

「對！」小嵐點頭說。

曉星跑到小吉身邊，一把拉起他的手：「小吉，對不起對不起，剛才有沒有弄痛你？原來你們就是在宋朝幫助小嵐姐姐的人。」

「沒事沒事，你那把木劍，就像替我撓癢癢一樣。」小吉笑嘻嘻的，「小嵐姐姐說過，她有兩個很好的朋友，長得跟我們一個樣，原來就是你們！」

曉晴也拉着小雲說：「小雲，對不起啦，剛才

把你的頭髮弄亂了吧？」

小雲笑道：「不要緊，梳梳就好了。」

曉星和小吉，曉晴和小雲，互相牽着手，就像兩對孿生孩子。

周家爸爸和周家媽媽在一旁早看傻了，真沒想到世界上竟有這樣相似的人，而且還是從宋朝來的。

「不是在做夢吧？」周家媽媽悄悄跟周家爸爸說，「你使勁捏我一下。」

周家爸爸真的使勁捏了她一下，得她「哎喲」喊了一聲。

周家媽媽一臉興奮，說：「痛呢！不是夢，不是夢，是真的！」

他們二人在一邊嘀嘀咕咕的時候，幾個孩子仍在開心地說着話。小嵐問小雲小吉：「怎麼這樣巧，你們竟跑到這裏來了，弄得周家伯父和伯母錯當你們是曉晴曉星。」

小吉說：「小嵐姐姐，說來話長。我們從半空掉下來，落到一處郊野地方。當時人生地不熟的，又找不到你，心裏可慌啦！沒想到碰到一幫去郊遊的男孩女孩，他們一見面就衝我叫曉星，叫姐姐曉晴，又問我們身上穿的是不是烏莎努爾的時裝。還說他們的旅遊車還有位子，就讓我們坐上了他們的

車，把我們送到這裏來了。」

「説來也巧，一下車，就碰見這個漂亮的嬸嬸……」小雲指了指周家媽媽，「她摟着我們叫女兒、兒子心肝寶貝，又二話不説把我們帶回家。我們正愁沒地方落腳，就將錯就錯，留了下來。叔叔，嬸嬸，對不起啊！」

周家爸爸忙説：「不要緊不要緊。如果我們知道你們從宋代來，舉目無親，即使不認識也會幫忙的。何況，你們還是小嵐的朋友呢！」

周家媽媽也説：「對啊，你們跟我們女兒兒子長得那麼像，説不定我們真有親戚關係呢！」

小雲説：「聽爹爹説，我們家祖上原姓姬，唐玄宗李隆基登位之後，因『姬』跟他名字中的『基』字同音，他便下詔改天下的姬姓為周姓。從此，我們就改姓周了。」

「啊，太巧了，我們祖上也是姓姬的呢！」周家爸爸一拍大腿，對周家媽媽説，「媽媽，我們去查查族譜，看看我們有沒有叫周小雲周小吉的祖先。」

兩老興致勃勃地查族譜去了。

小嵐問道：「小雲小吉，周伯母説，你們不知從哪裏弄來了兩袋子鈔票，究竟是怎麼回事？你們不是真的去搶銀行吧？」

小吉說：「小嵐姐姐，是這樣的。前兩天，我們路過一間古董店，便進去瞧了瞧。我隨手在布袋裏拿了一個戰國時的青銅戈給他們估價，沒想到，那店裏的老伯伯一見就愛不釋手，一定要我賣給他。這東西，我爹爹多着呢，我就答應了。也真沒想到，一個青銅戈能換兩大袋錢。我們一路拿回來，腰酸背痛的，半路上都差點想扔了。也不知那是多少錢，反正叔叔和嬸嬸一見，就臉色發青。我們說送給他們，他們也不肯收。」

　　小吉邊說，邊從底下拉出兩個旅行袋，拉開一看，裏面裝得滿滿的一疊疊五百元紙幣，把小嵐他們都看呆了。

　　小嵐說：「這麼多來歷不明的錢，他們肯定不會收了。這樣吧，等有時間，我們一起送去保良局，送給那些沒父沒母的孩子好了。」

　　「曉晴，曉星！」這時，周家爸爸和周家媽媽從樓上跑下來，一邊跑一邊叫，好像發生什麼驚天大事。

　　周爸爸拿着一本陳舊的本子（應該就是他們剛才說的族譜吧），用手指着打開的一頁，激動地說：「你們快來看，原來小吉真是我們周家的祖宗呢！」

　　大家「哄」一聲都圍了上去。

　　果然，族譜上寫着：「第四十二代，周偉，生

子周小吉。」

小雲説：「怎麼沒有寫我的名字？」

周家爸爸説：「以前女子沒有地位，所以不能寫入族譜。直到最近五十年，才開始破例，把女子也寫上去……」

曉星説：「你們是四十三代，我們是八十九代，那你們豈不是我們的老祖宗？」

小吉得意地説：「對呀對呀，我和姐姐都是你們的長輩呢！你們以後就叫我們……小吉祖宗，小雲祖宗吧！」

「啊！」曉晴嘟着嘴，「我們一樣大，憑什麼要喊你們祖宗。」

周家爸爸説：「要的要的，你們要尊敬長輩，快叫小吉祖宗，小雲祖宗。」

曉晴和曉星無奈地照做了，但心裏着實彆扭。

小嵐在一旁直樂。

周家爸爸和周家媽媽倒是蠻開心的，兩人急急忙忙穿好衣服提着環保袋出門，説是要去街市買菜，今晚做一頓好吃的晚餐孝敬兩位老祖宗。

第六章

玉璽上的小龜

　　小吉榮升老祖宗，十分得意，他拿出大布袋，把裏面的東西全倒在牀上，説要挑幾樣送給第八十九代的兩個乖孫孫。

　　骨碌碌，一塊方圓四寸的玉滾了出來，小嵐眼尖，一手拿起，只見上面紐交五龍，正面刻有「受命於天，既壽永昌」八個篆字，天哪，正是秦始皇的傳國玉璽！

　　曉晴和曉星也看見了，曉晴吃驚地説：「啊，展覽館的傳國玉璽失竊，原來是你們拿了！你們好大膽，不知道偷取文物是要坐牢的嗎？」

　　「偷取文物？！」小雲小吉似乎都大吃一驚，「沒有啊，我們沒偷啊！」

　　「沒偷？那這玉璽是哪裏來的？」曉星有點幸災樂禍的樣子，「長輩也偷東西，太丟人了。看來，我不可以再叫你們小吉祖宗和小雲祖宗了。」

　　「沒有啦！」小吉一頓腳，氣呼呼地説，「這玉璽是假的，是我從爹爹那裏拿來玩的，一直放在

大布袋裏！」

小雲也着急地説：「是呀，這玉璽是我家的。父親花錢買回來，後來發現是假的，就扔一邊了，小吉看見，就拿來當紙鎮用。」

曉晴細細地端詳着玉璽，説：「這玉這麼精美，又跟傳説中的玉璽一模一樣，你説是假的，有誰相信。」

小嵐一直沒吭聲。一開始，她以為是小吉調皮，把玉璽偷來玩兒。但看見他兩姐弟委屈的樣子，又實在不像是説謊。而且，民間的確有許多假玉璽在流傳，有的仿真度還挺高呢！

小嵐説：「我相信小雲小吉。如果真的是他們偷來玩了，肯定會承認，不會編造謊言來騙我們的。」

小雲小吉一聽可高興了，小吉朝曉星哼了一聲：「你看，小嵐姐姐就是個明事理的人。還説是我們的子孫後代呢，竟污蔑我們偷東西，太對不起我們了！」

小嵐説：「小吉，其實你們也很對不起曉晴曉星呢！」

小雲很驚訝：「啊，小嵐你為什麼這樣説？我們到底做了什麼對不起他們的事了？」

小吉也委屈地説：「是呀，我們頂多用了幾天他們的身分而已！」

小嵐説：「你們在展覽館裏古古怪怪的，全被攝錄鏡頭拍攝下來了。大家都誤會是曉晴曉星呢，把他們列作重大嫌疑犯了。」

曉晴曉星大吃一驚，一齊喊道：「什麼，我們成了偷玉璽嫌疑犯？！」

小嵐掏出隨身碟，往桌上的電腦一插。

很快有畫面了，只見小雲和小吉在人裏鑽來鑽去，東看看，西看看。而小吉更是誇張，爬上爬下，又是放大鏡又是高倍望遠鏡的朝那玉璽看，的確令人覺得形跡可疑。

曉晴曉星可不依不饒了。曉晴説：「我説你們幹什麼呀，在那裏鬼鬼祟祟的，看上去真有作案傾向呢！」

曉星更是生氣，他説：「我們一向行為良好，這下好了，你們害我們沒臉見人了。還是老祖宗呢，不保祐子孫就算了，還害人！」

「什麼作案傾向？」小吉很不服氣，「我只是想看仔細一點，看看那玉璽是真的還是假的嘛。」

曉晴露出不相信的樣子：「啊，你能辨別玉璽真假？香港特區政府都要到北京請最資深的專家來鑑別呢。你可真會吹牛皮啊！」

小吉着急地説：「沒有啦！我沒有吹牛皮，因為爹爹告訴過我，真的傳國玉璽有一個顯著的特徵。」

曉星一聽就搶着説：「嘿，這個誰不知道啊！小嵐姐姐講過，傳國玉璽的一個角是補過的！西漢王莽篡權時，曾向當時的太皇太后王政君索取傳國玉璽，王政君感到非常憤怒，一把將玉璽摔到地上，傳國玉璽因而碎了一角，後來是用黃金把缺角補上的。」

小吉説：「我説的特徵不是這個，而是玉璽上被人用刀刻了一隻小龜。」

小嵐眼睛睜得圓溜溜的，太匪夷所思了。她看過許多有關傳國玉璽的資料，都是説上面刻着字，刻着龍，從沒有説玉璽上刻了一隻小龜的。

小雲看到小嵐不相信的眼神，忙解釋説：「小嵐，小吉説的是真的。知道這個秘密的人還真不多。我們家有位祖先，在後唐當過太子太傅。有一次，他親眼見到後唐皇帝李從珂的小兒子，即雍王李理美溜入御書房，把放在案上的玉璽拿來玩，後來還拿出小刀，在玉璽一側刻了一隻小小的龜。損壞玉璽，可是殺頭的大罪啊，我們那位祖先怕惹禍上身，一直不敢聲張。可能那隻小龜太微細了吧，皇帝竟也一直未有發覺。後來，後唐被滅，皇帝自焚，玉璽也失蹤了，所以，除了我們那位祖先，再沒有人知道玉璽刻上了小龜這回事。這個秘密還是我爺爺臨去世時告訴爹爹的，當時我和小吉都在場，所以也知道了。」

小吉説：「是呀是呀！當我們聽到挖出了傳國

玉璽的消息後，就很想知道真假，於是就帶着望遠鏡、放大鏡跑去了。」

小嵐説：「那你們檢驗的結果怎樣，有發現上面有隻小龜嗎？」

小吉懊惱地説：「沒看清啊！距離太遠了，根本沒法看清細部……真倒霉啊，沒想到還給人拍下來了，説我們想偷玉璽。」

小雲説：「我覺得不公平，捉賊也要拿贓啊！我們光是看而已，憑什麼説我們偷了玉璽？」

「錄像還有後續呢！」小嵐用滑鼠在電腦屏幕上點擊了幾下，畫面上又出現了另一段錄像，那正是兩個黑影掠過、燈滅、玉璽失蹤的情景。

大家看得目瞪口呆。

小雲懊惱地説：「兩個黑影！天哪，這下真是百口莫辯了。」

小嵐説：「現在，警方已經把小雲小吉列為嫌疑犯。噢，不，是把曉晴曉星列為嫌疑犯。」

小吉一拍胸口，説：「好漢做事好漢當，我跟姐姐去衙門自首，説在展覽館裏的是我和姐姐。」

小嵐説：「不行！你們沒有香港身分證，警方會把你們當作非法入境者的。非法入境也是一條罪，那時即使洗脱了盜竊罪，你們還是逃脱不了非法入境罪的。」

小雲説：「那我們可以説，我們是宋朝人，沒有香港身分證。」

小嵐説：「那麻煩就更大了。或者，沒有人相信，你們會被當作精神病患者關進瘋人院；或者，有人信了，但你們馬上會被視作千年怪人，送進研究所，被許多人參觀，被許多人研究，被許多人……」

小雲和小吉彷彿已經被關在籠子裏讓人參觀，嚇得尖叫起來：「啊，我不要，我不要！」

曉晴姐弟倆見小雲小吉竟肯主動承擔責任，替他們洗脱罪名，都很感動，馬上來安慰他們。曉星還拍拍胸口，説：「你們別擔心，『我不入地獄，誰入地獄』，大不了我和姐姐承擔下來好了。我們絕對不會讓你們被人當瘋子看的。」

小雲和小吉好感動啊！於是四個人抱在一起，「好乖孫、好祖宗」地嚷嚷着。

「好啦好啦，停停停！」小嵐急忙叫停，「你們祖慈孫孝，以後有的是時間共聚天倫。目前我們要趕快抓到盜璽大賊，找回玉璽，同時替曉晴曉星洗脱嫌疑。」

小吉説：「對，抓到大賊，找回玉璽，洗脱嫌疑！」

那四祖孫一齊舉起拳頭，齊聲喊道：「抓到大賊，找回玉璽，洗脱嫌疑！」

第七章

是誰破解了「銅牆鐵壁」？

這案該如何破呢？唯一線索就是那段錄像了。

小嵐又再把第二段錄像放了一遍。大家看見：展覽廳、玉璽，玉璽周圍交織着的千萬條藍線，就像覆蓋着一張精密細緻的網⋯⋯

小嵐按下暫停，指着保護玉璽的藍網説：「這藍網俗稱『銅牆鐵壁』，是目前世界上最完美的防護系統，每到晚上閉館後就會自行啟動。余館長説過，這『銅牆鐵壁』一啟動，別説是人，連小蚊子也不能穿過⋯⋯」

「嘩，你們這個時代的東西好厲害啊！比我們那個年代傳説的『魔罩』還要神奇呢！」小吉眼睛骨碌碌地轉着，「但如果這樣的話，賊人是用什麼辦法穿過『銅牆鐵壁』，把玉璽偷走的呢？」

「根本沒有人能通過。」小嵐又按下按鈕，説，「你們繼續看下面。」

屏幕上，捲進兩個黑影，幾乎同一瞬間，燈滅了，藍網也不見了，屏幕上一片黑暗。黑暗大約持

續了五六秒鐘，就恢復了光明，只是，畫面上沒有了人影，沒有了玉璽。

「啊，我明白了！」曉星大聲説，「沒有人通過『銅牆鐵壁』！是有人趁停電時，『銅牆鐵壁』失效的那五六秒時間裏，把玉璽拿走的！」

「聰明！」小嵐朝曉星豎了豎大拇指，「現在要繼續考慮的問題是，為什麼會突然停電。」

曉晴舉手發言：「我知道！那賊還有第三個同夥，第三個同夥在約好的時間裏扳下電掣，讓『銅牆鐵壁』失靈……」

小嵐搖搖頭：「不會。據介紹，『銅牆鐵壁』有三個備用發電機，如果發生停電，在零點零零零一秒的時間內，就會重新送電，所以，絕對不會發生停電五六秒的情形。」

小雲和小吉只是困惑地聽着，無法插嘴，因為對於他們來説，什麼「發電、送電」，什麼「發電機、電掣」，都聞所未聞，不知是什麼玩意兒。

小嵐想了想，又將第二段錄像放了一遍，當那兩個黑影閃進鏡頭時，她猛地按下暫停掣。她指着黑影閃過時帶着的一團強烈的光，説：「你們快來仔細看看！在什麼時候見過這樣強的光？」

曉晴曉星，還有小雲小吉，全都湊上來了。他們不約而同地喊了起來：「啊，在穿越時空的時候

見過！」

　　他們全都有過穿越時空的經歷。沒錯，每當啟動時空器，回到過去或未來時，都有一股強光裹着身體⋯⋯

　　小吉失聲大叫：「難道，那兩個賊是穿越時空來到這裏的？」

　　有可能啊！

　　曉星搶着説：「對啊對啊！他們穿越時空來到這裏時，剛好掉落展覽館裏了，他們帶着的強光破解了『銅牆鐵壁』，於是他們就拿走了傳國玉璽。」

　　但是，説是兩個來自過去或未來的人偷走了傳國玉璽，這簡直是天方夜譚啊！

　　誰會相信！

　　只有找到這兩個人，尋回傳國玉璽，才能還曉晴曉星一個清白。

　　可這兩個人是誰？該上哪裏去找他們呢？

　　五個人對着錄像裏兩個模糊的影子，遠看近看，左看右看，也沒能看清他們是長臉方臉，大眼小眼，高鼻扁鼻⋯⋯甚至是男人女人都看不出來。

　　好鬱悶啊！即使是周家爸爸周家媽媽使出渾身解數做的一桌子好菜，都沒能令他們胃口大開。弄得不知情的兩人還以為自己廚藝不佳頻頻自我檢討。

　　吃完晚飯，周家媽媽叫曉星曉晴幫忙收拾碗

筷，而周家爸爸就端出水果，殷勤地請小嵐和小雲小吉吃。

「為什麼……」曉星眼巴巴地看着小吉他們舒舒服服地坐着吃東西，而自己卻要做家務，大叫不公平。

「不嘛！」曉晴也在噘嘴。

「哎呀，真不懂事！」周家媽媽耳提面命，好好地教育了他們一番：「小雲小吉是老祖宗，做兒孫的當然要孝敬他們；小嵐是客人，又是一國之公主，就更要當上賓看待了。」並勒令曉晴曉星洗碗，然後掃地，不得上訴。

曉晴曉星只好屈從了。好在小嵐給他們留了兩個又大又紅的蘋果，還幫他們削好了皮，他們的氣兒才稍微順了點。

晚飯後不久，周家爸爸和周家媽媽就離開了別墅。他們兩夫妻共同經營着一家公司，挺忙的。因為小雲小吉搗蛋的關係，已經多天沒回去處理業務了。為了方便明天一早回公司，所以今晚就回市區的家住。

他們臨走時給曉晴曉星留下一大堆叮囑，要尊敬老祖宗啦，要照顧好客人啦，在長輩面前要「行有行相，坐有坐相」啦……弄得曉晴曉星呵欠連天。

隨着「砰」的一下關門聲，兩人終於走了。

一直埋頭看《香港晚報》的小嵐突然「哎」了一聲，像是讀到了什麼奇特的新聞，引得另外四個人都伸長脖子湊近去看。

　　小嵐指着一則新聞，只見那大標題寫着：

　　晨運老人胡亂報案　蜀道山何來古裝人

　　本報訊：今晨七點，蜀道山警署接到電話報案，有一名老人聲稱自己在蜀道山行山時，看到兩名古裝男子在龜背地打鬥，狀甚激烈。警署派兩名警員前往該處，卻未有發現。初步估計是報案者年老眼花出現幻覺。警署記錄在案，但並未繼續追查。

　　等大家看完，小嵐説：「你們想想，如果那位老人並不是出現幻覺，而是真有其事……」

　　曉星搶着説：「我知道，我知道！」

　　小嵐指指他：「説説看。」

　　曉星大聲説：「有兩個原因。一是電影公司拍電影……」

　　他剛想説下去，被曉晴搶先了：「我明白了！如果真有這樣的兩個人……我們不是估計拿走傳國玉璽的那兩個人是穿越時空來的嗎？如果他們來自古代，就肯定會穿着古裝，那這兩個人會不會就是……」

　　小嵐拍拍曉晴肩膊：「曉晴説得對！蜀道山上打鬥的兩個人，有可能就是我們要找的盜璽大賊！

他們盜走玉璽之後，出於某種原因引致不和，所以打起來。」

小雲小吉都十分興奮：「找到盜賊，就可以替我們洗脫嫌疑。這真是太好了！曉晴，你真是太聰明了！」

曉星的嘴撅得差不多可以掛個瓶子，委屈地說：「沒天理！我本來想說的第二個原因，就是姐姐說的這個嘛……」

小嵐說：「好啦好啦，就算是你倆的功勞吧！」

曉星馬上笑得見牙不見眼：「嘻嘻！」

第八章

尋找古裝人

昨晚臨睡前明明説好，今天六點鐘就起牀去蜀道山尋找古裝人。但是七點都早過了，周家別墅裏還是靜悄悄的。

除了曉晴跟曉星住自己的房間以外，小嵐、小雲和小吉各住了一間小客房。大家都互不干擾，各做各的好夢。

這天，還是小嵐最先醒了，她一看牆上掛鐘已是八點差一刻，慌忙蹦下地，在走廊大喊起來：「起牀啦！」

沒有人響應。做夢的仍做夢，打呼嚕的仍打呼嚕，流口水的仍流口水……

「失火啦！」小嵐氣呼呼地大喊一聲。

「呼啦」一下，那四個人慌慌張張地跑到了小嵐面前。「啊，哪裏失火?!哪裏失火?!」

一見小嵐得意的樣子，小吉説：「哦，是小嵐姐姐騙我們！」

「這不叫騙，這叫計謀！」小嵐揮手説，「我

們已經起晚了，得爭取時間，半小時內出門。」

曉晴表示反對：「半小時，不行！我化妝都得半個小時，還得刷牙洗臉吃早餐呢！」

「對，時間不夠！」小雲點頭表示贊同。

「早餐隨便吃點餅乾算了，帶點東西路上吃。」小嵐用一副沒商量的口吻，「要不半小時內出門，要不你們倆別去了，我跟曉星小吉去。」

尋找古裝人，破盜竊大案，這麼好玩刺激的事，豈能錯過？曉晴小雲二話不說，跑回房間準備了。

小嵐是最早穿戴整齊來到客廳的，其次是小吉和曉星。

小吉和曉星各背着一個脹鼓鼓的背囊，看樣子好像去露營似的。

小嵐吃了一驚：「你們幹什麼呀，以為去玩兒呀？背那麼多東西。」

曉星說：「你不是說帶點東西路上吃嗎？」

「這叫『點』啊？」小嵐好奇地問，「你們都帶了些什麼？」

曉星說：「餅乾、巧克力、香腸、麵包、薯片、口香糖、汽水⋯⋯」

小嵐聽得都愣了。

沒想到小吉又說：「我這裏還有啦！你看，蘋果、橙子、香蕉、桃子、大樹菠蘿，還有雖然臭但

是很好吃的榴槤！」

天呀，這祖孫倆怎麼連貪吃的性格都那樣像！

簡直把一個小賣部都背到肩上了。

小吉最後掏出一綑繩子。小嵐很奇怪，問：「你帶繩子做什麼？」

小吉說：「李白不是說過，『蜀道之難，難於上青天』嗎？我們上蜀道找人，遇到難走的路時，可以把繩子綁在樹上作扶手用！」

「哈哈哈……」曉星笑得彎了腰，「香港的蜀道山，跟李白說的蜀道，風馬牛不相及呢！」

小吉覺得身為老祖宗遭後輩嘲笑，有點下不了台，便撅着嘴，一把將繩子塞進背囊，說：「不管是什麼山，反正有條繩子會安全很多。要不，等會兒抓到盜璽大賊，用來綑綁他們好啦！」

這時候，曉晴和小雲也下樓來了，她們倒是兩手空空的。

只是看得出她們都刻意打扮過。小雲在宋代時眼饞小嵐的Ｔ恤牛仔褲，現在總算是過足癮了。曉晴的牛仔褲出名的多，黑的藍的灰的白的闊腳的窄腳的吊腳的……應有盡有。小雲拿來穿，天天不同款，美得她老是對着鏡子照呀照的。看，她今天穿的是一條黑色的窄腳牛仔褲，配上短身Ｔ恤，黑色運動鞋，顯得身段很修長、人又利索呢！

曉晴卻穿得像去約會——窄身T恤小短裙，白色便鞋。小嵐一看就皺眉頭：「我說周大小姐，你穿成這樣準備給誰看啊？今天是要準備走山路的呢！」

「我知道是走山路啊！」曉晴做了個裝可愛的動作，「那兩個古裝人，說不定是大帥哥呢！我可不想到時給他們留下壞印象。」

「我也是！」小雲在一邊點着頭。

這兩個人，沒救了。小嵐真是哭笑不得。

小嵐打電話召來的車子已經停在門口，五個人上了車，小嵐吩咐司機向蜀道山駛去。

曉星像椅子有針一樣，坐不安穩，還埋怨道：「還是勞斯萊斯坐得舒服。小嵐姐姐，你怎麼不叫禮賓府派車來呢？」

小嵐說：「算了吧，尋找古裝人一事得秘密進行。本來就沒人相信有這回事，如果知道我們還把玉璽失竊跟這事聯繫起來，還大老遠跑去蜀道山找人，不把我們當傻瓜才怪呢！」

曉星用力地點了點頭，說：「嗯，那也是，只有我們這樣的天才，才想得出這其中的玄機。」

車子走了差不多一個小時，才到達蜀道山腳，開始沿着一條公路往上開，又走了十多分鐘，最後在一個燒烤場的旁邊停下來。司機說：「車子不能

再往上開了，你們想去龜背地的話，可以沿着前面那條小路一直往前走。」

下了車，一行人找到了司機說的那條路，開始往龜背地走去。小嵐邊走邊看着手提電話上的衛星地圖，大約走了一個小時，她停了下來，觀察了一下周圍地形，又比對着衛星地圖，然後笑着說：「這裏應該就是龜背地了。」

「龜背地」，原來就是半山腰旁邊一塊大約五六千呎的平地，那塊地的地面全是石頭，上面有自然形成的凹凸不平的圖案，乍看上去還真有點像烏龜背上的花紋呢！

小嵐說：「大家分頭找找，有沒有古裝人在此打鬥或者停留的痕跡。」

曉星說：「我們有五個人，可以作地毯式搜索。」

小吉說：「什麼叫地毯式搜索？」

「連地毯式搜索都不知道！」曉星很高興看到「老祖宗」的無知。

小嵐白他一眼：「曉星，小吉是宋代人，哪懂這些現代名詞呢！」

小嵐又吩咐大家成橫排列隊，一邊向前走，一邊仔細察看地面情況。

大約走了幾分鐘，曉星突然大喊起來：「快來

看啊!」

　　大家跑到曉星跟前,發現地上的一叢小草,被齊唰唰地削去了一截。

　　小吉蹲下去,湊近瞧瞧,驚訝地說:「嘩,削去小草的刀一定很鋒利,你們看,切口好整齊啊!」

　　小嵐點點頭,說:「大家繼續搜索。」

　　一行五人又繼續排成一列,慢慢朝前走。

　　小吉又發現什麼了,喊了起來:「你們來看,這石上的劃痕!」

　　大家又「哄」一聲湧過去。

　　順着小吉的手,大家見到一塊堅硬的石頭上,被什麼利器劃了一條深深的劃痕。那劃痕足足深入石頭一厘米,可以想像那把利器一定十分鋒利,而且持利器的人一定力大無窮。

　　大家還留意到,那劃痕是新的。

　　小嵐說:「可以肯定,曾經有人使用刀或劍在此打鬥過,那位老伯伯並沒有眼花。」

　　小雲說:「那我們趕緊想辦法找到這兩個人。」

　　曉晴摟住小雲的肩膀說:「小雲說得對,找到這兩個人,才能確定他們是否來自過去,是否跟失竊案有關。」

　　小嵐說:「如果這兩個人真的來自古代,他們人生地不熟的,肯定還在附近,說不定就匿藏在這

大山裏。」

曉星説：「那我們搜山好了，不管他們藏在哪裏，都要把他們找出來。」

小嵐皺了皺眉頭：「蜀道山那麼大，我們才五個人，怎麼搜？」

曉星説：「我們請羅叔叔幫忙吧！」

「也只能這樣了。但是，我得想想怎樣跟羅叔叔説。」小嵐説，「大家也累了吧，坐下來休息一會，吃點東西。」

「好啊好啊！」曉星和小吉馬上響應。

背囊裏的食物，剛才在車上已經「消滅」了一些，但還剩很多呢！小吉和曉星兩個饞貓早就想「繼續作戰」，把東西「全部殲滅之」了。

這兩傢伙可真「海量」，他們一直是這場殲滅戰的主力，不一會兒，兩個背囊便變得癟癟的啦。

小吉和曉星説吃得太飽需要躺一會兒，小雲和曉晴説走得太累需要坐一會兒，四個人便懶洋洋地躺在一塊大石板上，踢都踢不動。

「懶鬼！」小嵐罵了一聲，但想到他們昨晚睡得太少，剛才又走得太累，也就不再吭氣了。讓他們休息一會兒吧！

忽然小嵐聽到鼾聲大作，扭頭一看，那四個傢伙，竟然都睡着了，曉星還打起了呼嚕。

小嵐叉着腰皺着眉，在他們面前氣呼呼地站了一會兒，到底沒忍心叫醒他們。好吧，就讓他們睡十分鐘，十分鐘之後，就一個個揪起來。

小嵐信步向前走着，一邊走一邊仔細地觀察，希望能再找到一點蛛絲馬跡。走着走着，不覺來到了山崖邊上。

崖邊有齊腰高的鐵欄護着，小嵐不擔心會掉下去，便往崖邊再走近了些，好觀察一下山崖底的情況。

突然小嵐腳下一滑。她當時並不慌，心想反正有鐵欄擋着呢，殊不知⋯⋯

她還沒來得及叫喊，就像隻斷線風箏般往崖下掉去。原來她站的地方，鐵欄已被毀壞了，只是被一些攀爬植物擋住。

下跌速度之快，令小嵐感到眩暈，她無法控制自己，只好聽天由命。

半昏迷之際，忽覺有人輕輕把她接住。

第九章

兩千年俠客再現

小嵐醒過來時，發現自己躺在一堆軟軟的草上。一個長髮披肩的人，正趴在地上，用嘴使勁去吹面前的一堆冒着煙的樹枝，顯然是想用樹枝生火。

崖底光線很暗，加上那人的臉被長髮遮住，看不清臉孔，但從他的高身材，大大的骨架子，可以看出是一名男子。

小嵐望着那起碼有十幾米高的崖頂，想起了剛才墮崖的事，想起快墮地時有人把她接住，心裏明白，眼前這人一定是救自己的人。

「先生！」小嵐喊了一聲。

那人驀地抬起頭，眼裏露出驚喜。他扔下樹枝，撲到小嵐面前：「你醒啦，謝天謝地！」

他邊喊邊執起小嵐一隻手，緊緊握着。那眼裏流露出的激動和關愛，令小嵐很是錯愕。

「你……」她正想請他放開手，但這時樹枝突然「哄」一聲燃着了，透過火光小嵐看清了眼前的人。

一頭披散着的長髮，一身古人穿的闊袍大袖衣

裳，方臉龐配上丹鳳眼、臥蠶眉，鼻直口方，不折不扣一個古代漢子。

古裝人！

小嵐甩開那人的手，一骨碌坐了起來。

那人愣愣地看着小嵐，顯得一臉悲傷：「你不記得我了？你竟然不記得我了？」

「我們認識嗎？」小嵐被那人的神情和説的話弄糊塗了，心裏不禁驀地冒出個念頭，「莫非這人是個瘋子？」

蜀道山出現兩個打鬥的古裝人，除了演戲，除了是穿越時空來的人，其實還有一個可能，那就是精神病患者，穿着不知從哪裏弄來的戲服滿山亂竄。

想到這，她不禁覺得背脊有點涼颼颼的。

望望四周，渺無人跡，如果這人真是瘋子，那就麻煩了。

「公主，你怎會不記得我？我在燕國等你等得好苦，我一直推延刺秦王的時間，就是想要再見你一面……」

「刺秦王？」小嵐大吃一驚，「荊軻刺秦王」那膾炙人口的歷史故事霎時湧上心頭，莫非……

「難道……你是……你是荊軻？」小嵐問這話時，連她自己都覺得有點瘋狂。

因為，荊軻早就在二千年前那個悲壯的日子，刺秦失敗後被殺了。

「公主，你記得我了？你終於記得我了！我就是荊軻，我就是荊軻啊！」那人欣喜若狂，他似乎想抓住小嵐的手，但他馬上被小嵐臉上的震驚嚇住了。

小嵐哪能不驚，一個已死於公元前二二七年某一天的人，怎會活生生地出現在她面前呢？

幾乎所有中國人都認識荊軻，都知道兩千多年前那個悲壯的故事——

戰國時期，秦國相繼滅掉了韓國和趙國，之後揮軍直指燕國。燕太子丹知道以自己國家的兵力，實難抵抗秦國大軍，便請求當時著名的刺客荊軻，前往咸陽暗殺秦王。荊軻為人俠義，不忍燕國人民再受戰火蹂躪，便一口答應了。他準備扮成燕國使者前夫拜見秦王，伺機行刺。

荊軻出發那天，許多人在易水邊為他送行，場面十分悲壯。因為，荊軻即將踏上的是一條不歸路，不論刺秦成功與否，他都肯定不能活着走出咸陽宮。「風蕭蕭兮易水寒，壯士一去兮不復還」，這是荊軻在告別朋友們的時候，慷慨吟唱的詩句。

荊軻沒能完成他的使命，事隔不久，便有消息傳出，荊軻刺秦王未遂，反被秦王殺死，一腔熱

血，灑在咸陽殿上。

荊軻為抗強暴不惜拋頭顱灑熱血，其俠義的故事流傳於世，兩千多年來為中國人所稱頌，在人們心目中，他是一位頂天立地的大英雄……

「你真的是荊軻？」小嵐仍不敢相信。

「是呀，你仔細看看，我就是荊軻呀！」荊軻坐直了身子。

小嵐說：「你刺秦王不成，不是已經……」

「你以為我死了嗎？公主，真對不起，令你擔心了，真對不起！」看着那鐵漢子眼裏流露出的如水柔情，小嵐心裏不禁湧出一股深深的感動。

小嵐也很想弄清那個流傳了二千年的故事，結局是否真的有誤，便問道：「你到達秦國之後，究竟發生了什麼事？請告訴我。」

「是，公主！」荊軻開始述說自己的遭遇，「那天，在易水河邊，我告別了太子丹等一眾朋友，和助手秦舞陽一起，帶上那把鋒利無比的『徐夫人匕首』以及價值千金的禮物，按計劃去到咸陽，找到了秦王的寵臣蒙嘉。我把禮物送給蒙嘉，請蒙嘉轉告秦王：燕王畏懼秦王的威勢，不敢發兵和秦王對抗，情願讓國人做秦國的臣民，和各方諸侯同列。因為燕王非常害怕秦王威儀，不敢親自前來拜見，特地派使者來獻上燕國督亢的地圖以及樊

於期的人頭，以表示願意稱臣之意。

「秦王聽了這番話後十分高興，因為樊於期是他一直懸重賞要殺的人；而督亢素有『糧倉基地』之名，是燕國最富饒的地方，得了督亢，他的軍隊就有了糧餉，就可以所向披靡了，於是答應接見。

「那天，秦王在咸陽宮接見我和秦舞陽。秦王以為可以不費一兵一卒就能收服燕國，心裏得意，所以也沒加提防，讓我一個人上前獻地圖。我取出捲成一卷的地圖，放在秦王面前的案上慢慢展開。當地圖完全展開時，藏在裏面的匕首露了出來，說時遲那時快，我左手拉住秦王的衣袖，右手抓過匕首就刺向秦王。唉，可惜啊，由於我不慣用短刀，竟然沒能刺中。秦王抽身而起，掙斷衣袖。我可不能放過他，於是在後面緊追不放，秦王狼狽地繞着柱子逃跑。當時殿上雖然有很多大臣，但按照秦國的法律，他們是不得攜帶任何兵器的，而守衞宮禁的侍衞雖然帶着武器，但都站在殿外，沒有秦王的命令不能上殿。所以我當時無人可以阻擋，直奔秦王。正在我快要追上秦王時，殿上有大臣大聲喊道：『大王，快抽出你身上佩劍！』這下提醒了秦王，他一下把劍拔了出來，返身向我撲來。我持的是匕首，秦王持的是長劍，我很明顯地處於下風，竟一下被他刺中左腿。我一下站不穩，跌在地上。

秦王揮劍，劈頭劈臉向我刺來。我心想，這下必死無疑了。但我並不害怕，我答應了刺秦，就沒有打算活着回去，只是覺得暴君未除，心中悲憤難當。這時，我腦子裏生出一股強烈的求生願望，秦王未除，我不能死！但來不及改變什麼了，秦王的利劍離我臉上只有半寸之遙。沒想到，這瞬間奇怪的事情發生了，不知從哪裏落下一股強光，那股強光猛地把我罩住，秦王的劍竟刺不到我身上。接着強光把我捲起，只覺得自己的身體不斷旋轉着，掉向一個無底深洞。直到掉落地面，我才發現自己已經不在秦王的大殿上，而是在一間古怪的屋子裏……」

原來是這樣！那為什麼一直流傳下來的故事，都是説他已經被秦王殺死了呢？

小嵐心想：也不奇怪，戒備森嚴的咸陽宮竟然被刺客闖入，威嚴的秦王被追得滿大殿逃竄，如果最後竟然讓刺客逃出生天，那大秦的顏面何在，秦王的威儀何在？所以，對外宣稱荊軻已死在秦王劍下，那是事件最好的結局。

小嵐一臉激動地看着荊軻。自小，父親就跟她講過許多俠客故事，其中荊軻的故事是最令她動容的，她深為荊軻視死如歸的豪俠氣慨所感動。有一次，她跟父母去看話劇《易水送荊軻》，聽荊軻唱着「風蕭蕭兮易水寒，壯士一去兮不復還」的詩

句，看到荊軻坐着馬車，義無反顧地向着那條必死的路而去時，竟淚流滿臉，哭得稀里糊塗。沒想到，這位令她敬仰的俠客竟出現在自己面前，簡直是做夢都沒想過的事。

小嵐看着荊軻，説：「我可以叫你荊軻大哥嗎？」

「當然可以啊，你從來都是喊我荊軻大哥的呀！」荊軻用焦慮的眼神看着小嵐，説，「公主，你怎麼連這都不記得了？但值得告慰的是，你終於找我來了，你也是被強光帶到這裏來的嗎？」

荊軻一直叫小嵐做「公主」，一直説等他等得好苦，莫非⋯⋯

小嵐記得，《史記》故事裏，提到荊軻一直遲遲不肯起行前往刺秦，他説還要等一個人。這一等便等了五個月，直到太子丹一催再催，他才無奈地出發了。

他要等的人是誰？有人猜是俠客蓋聶，有人猜是琴師高漸離，但又都被人否定了。結果，這事成了千古之謎。

莫非他要等的就是口中的「公主」？

小嵐試探着問：「荊軻大哥，你一直遲遲不起行，説要等一個人，難道這人就是⋯⋯」

荊軻顯然十分激動：「這個人，不就是你嘛！

我們約好在易水河邊見面，你怎麼遲遲不來？我好擔心，擔心你在秦兵入侵時遇害了。太子丹又一催再催，我不得不起行。你怪我嗎？幸好上天憐憫，讓我在這裏見到你！」

謎底終於揭開，原來，荊軻當年要等的人，竟是他深愛着的一個女子──荊軻口中的公主。

荊軻拉着小嵐的手：「但是請你原諒，我去刺秦，既是為朋友，為天下百姓，也是為你。你本是堂堂趙國的銀月公主，因為秦國的入侵，國破家亡。我殺秦王，也是想為你報仇。可惜出師未捷，沒殺掉那暴君！」

小嵐心想，也幸虧你沒殺掉秦王，秦始皇後來對歷史發展有着重大貢獻呢！他統一中國，對中國的強大和安定，起了重大作用。

但她當然不會說出來，因為要讓荊軻明白這一點，不是幾句話可以做到的。

這時，她才發現自己的手仍被荊軻緊緊地握住。她思量着，得跟荊軻說明白，她並不是他口中的趙國公主銀月。

但她實在不想傷害這位俠骨柔腸的劍客，於是小心翼翼地說：「荊軻大哥，我不是銀月公主，你認錯了，我叫小嵐，馬小嵐。」

「公主，天哪，你真的摔壞腦子了麼！你怎麼

不是銀月公主呢？我可以認錯天下人，絕不會認錯你！我一直把你的畫像揣在懷裏，每天都看上幾遍的呀！」

荊軻說着，從懷裏掏出一塊軟軟的布，「嘩」地一下展開，只見上面畫了一個亭亭玉立的古代少女。令小嵐吃驚的是，那少女的樣子真的很像自己。

怎麼天下有那麼像的人？難道跟曉星曉晴一樣，這少女是自己的祖先？

難怪荊軻口口聲聲說自己是銀月公主。

這真是一百張嘴也說不清了。

小嵐正在無奈，突然聽到附近傳來「唔唔」的怪叫聲。

第十章

被綁在樹上的王子

小嵐聽到怪叫聲，驚問：「什麼人？」

荊軻不屑地說：「一個跟我一塊來到這裏的小子。」

小嵐這才突然想起自己來蜀道山的目的，忙問：「荊軻大哥，你是不是跟那一個人一塊穿越時空來的。」

「啊，那是叫穿越時空嗎？」荊軻說，「我從半空掉進那怪屋時，幾乎撞在那人身上。」

小嵐又急忙問：「你們有拿走屋子裏的東西嗎？」

荊軻說：「有啊，那傢伙順手偷了一個玉璽。」

啊，果然不出所料！有了玉璽下落，曉星他們沉冤昭雪了！

小嵐高興地問：「那個人呢？」

荊軻拉起小嵐的手：「跟我來！」

小嵐看見，一個少年被綁在一棵大樹上。

小嵐吃了一驚：「為什麼綁住他？快把他放了

吧！」

「公主，他拿走的原來是秦王的傳國玉璽呢！我好恨啊，見玉璽如見秦王，殺不死秦王，我也要把他的玉璽砸個粉碎，以洩心頭之恨。可這小子硬是不給，說玉璽是他家的。秦王的東西，怎麼又變成他家的呢！分明是不想給我。」荊軻邊說邊解開綁着少年的草繩。

少年扯下堵住嘴的布條，氣呼呼地對小嵐嚷道：「他簡直是個野蠻人，硬要搶我的玉璽，我不給，他便和我在崖上打起來了。打着打着，一不小心，就掉了下來，沒法上去了。我罵他害人害己，他就恃強欺人把我綁起來，還堵住我的嘴。」

「誰叫你吵吵嚷嚷的，煩死了。」荊軻朝那少年一瞪眼，少年被他嚇着了，不敢再說話。

小嵐打量了那少年一下，發現他的裝束跟荊軻又有所不同，便問：「這位大哥，你是哪裏來的，叫什麼名字？」

那少年聽得小嵐如此問，馬上昂起頭，說：「我乃後唐皇帝李從珂之子，雍王李理美。」

「啊！」小嵐吃了一驚。怪不得他說傳國玉璽是他家的，原來他是李從珂之子。

小嵐問：「傳說中，你不是跟你父皇一起自焚了嗎？怎麼來了這裏？」

李理美說：「我也奇怪呢！當時叛軍人馬重重圍困皇城，我們已無路可走，父皇不想我們落入叛軍手裏，便帶着我們上了玄武樓，並親手在玄武樓放了一把火。當時火光熊熊，我又害怕又難過，心裏有一個很強烈的願望，如果自己能生出一雙翅膀就好了，那樣就可以背起父皇母后，飛出亂兵的重重包圍。正如此想着，忽然一團強光把我包圍住，身體不由自主地被捲上半空，昏頭轉向。落地時，發現自己身在一間屋子裏，見到了那個怪人，還見到了傳國玉璽。傳國玉璽是我家的，我當然要取回，於是便拿走了。」

小嵐心想，難道人在危急之際生出的強烈願望，可以造成瞬間的空間轉移？看荊軻是這樣，李理美也是如此。不由你不信呢！

小嵐又問：「那玉璽呢？」

「丟了！」李理美指着荊軻，「都怪他，本來好好的，我們一起作伴，弄清楚身處何處，想辦法回家，我還不知道父皇他們怎樣了呢？我得去救他們。但他一聽說這玉璽是秦王造的，就像瘋了一樣，硬要跟我搶，說要砸碎它。這麼珍貴的東西，那可是歷代君王用性命保護的東西呢，他竟要砸碎了，你說我能給他嗎？他就把我的雙劍搶去一把，跟我打起來。看，打出禍來了。掉下來後玉璽就不

見了，一定是掉落在樹叢中了。」

這荊軻，也真死心眼，傳國玉璽，那是國寶中的國寶啊，幸虧沒讓他給毀了。

小嵐環顧四周，只見除了一棵棵遮天蔽日的大樹之外，地上全是齊膝高的雜草，要找回玉璽，並不是一件容易的事呢！看來得儘快通知曉晴他們，讓他們來幫忙。

「你們回家的事，稍後再想辦法，目前最重要的，是要找回玉璽。你們拿走了玉璽，令我的朋友被指為賊，蒙冤受屈呢！」

荊軻大驚：「啊，怎會這樣？那我們趕快找回玉璽，替你的朋友洗脫嫌疑吧！」

「這麼一大片地方，又長滿了草，要找東西還真不容易。我要找我的朋友來幫忙。」小嵐看了看四周，問道，「這裏有路出去嗎？」

李理美說：「沒有。唯一辦法是爬上崖頂，但我作過多次嘗試，都上不去。」

沒法，只能放開喉嚨喊曉星他們了，但願他們聽得見。小嵐使勁地喊了起來：「曉星！曉晴！小雲！小吉！」

喊了一會，上面毫無動靜，也難怪，她掉下的地方離曉星他們的歇息處有一段路呢！只是希望他們能沿着那條路來找她，聽到她的叫喊。

「我來喊吧!」李理美大喊起來,「喂,上面有人嗎?有人就答應一聲。」

小嵐説:「你喊名字。曉星!曉晴!小雲!小吉!」

李理美放開嗓子大喊:「曉星!曉晴!小雲!小吉!」

他嗓門好大,震得小嵐耳朵嗡嗡響。怪不得剛才荊軻要把他的嘴堵起來。

喊了好一會,沒有人應。小嵐已經快喊不出聲了,大嗓門李理美也開始減低音量了。

突然,聽到上面有幾個人在講話:

「好像是下面有人在叫。」

「對,我也聽到了!」

「説不定是小嵐!」

「是男孩的聲音。」

小嵐一聽高興得跳起來:「是他們,是我的朋友來了!」

她馬上大喊:「喂,我是小嵐,我是小嵐!」

「噢,太好了!終於找到了!」聽到上面的人在歡呼。

「小嵐,你等等,我們想辦法救你上來。」

聽到他們在上面商量辦法。小嵐突然想起了小吉的那條繩子,忙喊道:「小吉,你那條繩子還在

嗎？」

小吉回答説：「在在在，噢，我怎麼把它忘了呢！對，用繩子把小嵐拉上來。哈哈哈，我的繩子多有用啊！來，先把它綁在樹上……」

小嵐喊道：「我不忙上去，曉星，小吉，你們能下來嗎？」

「啊！下來？小吉，小嵐姐姐叫我們下去！」曉星的聲音，「小嵐姐姐，下去幹嗎呀？下面發現寶藏了？」

小嵐説：「你們先下來，再跟你們説。」

小吉説：「行行行，我們馬上下來。」

轉眼工夫，小吉抓着繩子滑下來了，接着是曉星。

小吉和曉星一見小嵐就十分興奮，搶着説：「小嵐姐姐，我們到處找你，沒想到……」

話沒説完，他們突然發現了荊軻和李理美，不禁異口同聲喊起來：「啊，古裝人！」

曉星馬上把小嵐護在身後：「不許傷害我小嵐姐姐！」

小吉就氣急敗壞地嚷：「哦，你們好壞，偷走玉璽，又綁架小嵐姐姐！」

小嵐擺了擺手，説：「別擔心，他們沒有綁架我，是我自己不小心掉下來的。拿走玉璽，他們也

事出有因。」

曉星説：「好的，小嵐姐姐，我們相信你，先不跟他們算賬。那玉璽呢？」

小嵐把玉璽掉在亂草叢中的事説了。

曉星説：「好吧，我們還是來個地毯式搜索，我就不信找不到！」

五個人排成一列，開始一步一步地搜尋玉璽。地上的野草叢生，要找一個四寸見方的玉璽，真是太難了。找了一個小時，還沒找到。

大小男子漢們都很有紳士風度，意見空前一致地強迫小嵐坐下休息，由他們繼續尋找。又過了半小時，隨着一聲驚呼，李理美終於在草叢中發現玉璽了。

大家好一陣歡呼雀躍，即使是之前一直十分仇視玉璽的荊軻，也開心得一臉笑容，因為他也不想「銀月」的朋友因為玉璽的丟失而蒙冤啊！

荊軻自告奮勇，自己先抓住繩索爬上崖頂，然後把下面的人一個個拉了上去。

第十一章

這玉璽是假的

　　經過大家的團結協作，終於找回玉璽，又全都安全地回到了崖頂。

　　小嵐給朋友們介紹兩個古裝人。

　　李理美自從回到崖頂之後，就找了塊大石頭，穩穩當當地坐着。

　　小嵐知道他挺計較禮數，便首先介紹說：「這是李理美大哥。」

　　李理美也不站起來，只是把兩手放在膝上，又挺了挺腰幹，一臉傲慢，似乎在等各人朝他叩拜。

　　「李理美？」偏偏那四個人看不慣他那模樣，小聲嘀咕着，「他是誰？好像沒聽過歷史上有這個人啊！」

　　這弄得李理美很沒面子。他心想，哼，這班刁民，真是有眼不識泰山！

　　小嵐想笑又忍住了，她說：「李理美是後唐的王子，曾被封為雍王，歷史有過記載。可不許對人家沒禮貌啊！」

「王子好！」

「雍王好！」

「理美大哥好！」

一個個話語懶洋洋的，全都缺乏熱情！尤其是曉晴曉星覺得這人挺不順眼的，王子公主，他們見得多了，擺什麼臭架子！

偏偏李理美還不知趣，見到沒有預期中的伏地叩拜，竟大喝一聲：「大膽刁民，竟敢對本王不敬！」

眾人先是被他嚇了一跳，繼而憤怒了，一齊聲討起來。

「喂，現在已經是二十一世紀的文明時代了，人人平等，你以為自己是誰呀！」

「把他扔回山崖下面去！」

「什麼王子？過氣王子罷了！人家小嵐還是現任公主呢，人家可不像你裝腔作勢！」

這下子，李理美不敢再吱聲了，眾怒難犯，這個道理他也懂，只是心裏仍然忿忿的。這幫刁民，想造反嗎？！

小嵐也沒管他，又向大家介紹荊軻：「這位是荊軻大哥。」

「荊軻？！」馬上一片驚呼聲。

大家都用驚訝的目光上下打量着這位昂然挺立滿臉嚴肅的硬漢。荊軻，有誰不知道他？！語文課也

學過那篇古文《荊軻刺秦王——易水訣別》，老師還要求默寫呢！現在隨口也可以背出來：

> 太子及賓客知其事者，皆白衣冠以送之。至易水上，既祖，取道。高漸離擊筑，荊軻和而歌，為變徵之聲，士皆垂淚涕泣。又前而為歌曰：「風蕭蕭兮易水寒，壯士一去兮不復還！」復為慷慨羽聲，士皆瞋目，髮盡上指冠。於是荊軻遂就車而去，終已不顧。

當然，小雲和小吉是從父親口中認識荊軻的。他們父親周偉，對荊軻的崇拜程度不下於現時的粉絲之於周杰倫、之於劉德華，所以他的狂熱也影響了一雙兒女。

「你真是荊軻大哥？」

他們全都「呼」地湧了上去。

「荊軻大哥好！」

異口同聲，聲聲都充滿敬仰。

「荊軻大哥，我喜歡你！」

「荊軻大哥，你是我最佩服的英雄好漢！」

「荊軻大哥，你怎麼會來到這裏？」

四個熱情的小Fans，拉着荊軻，七嘴八舌。

李理美好失落！堂堂王子，竟不如一個庶民受

歡迎受敬重，這點他怎麼也想不明白。

這是什麼鬼地方，這是什麼愚民百姓。

這位叫小嵐的小姑娘倒是個好人。她真是一個公主嗎？怎麼竟跟這幫賤民混在一起？

本王可不能跟他們為伍，我馬上就回後唐找父皇母后。

他摸了摸懷中的傳國玉璽，心裏篤定了些，便跟小嵐說：「姑娘，我打算現在就回後唐，很高興認識了你這位朋友。」

小嵐錯愕地看着他。這傢伙說得多輕鬆，以為回到過去就像去中環或者沙田一樣容易？

她問：「回去？你怎麼回去？」

李理美說：「怎麼來的，就怎麼回去啊！」

小嵐說：「李大哥，穿越時空，不是像你想像中那麼容易，需要很多外因條件。」

李理美撐着脖子，說：「不管怎樣我也要試試看，我不可以留在這裏！」

他說完，鄙夷地望了那五個「賤民」一眼，便徑直跳上了那塊大石頭。

他讓自己集中精神，想着父皇母后，想着後唐的一切一切，然後大聲喊道：「我要回後唐！回後唐！」

霎時，所有人都不作聲了，全都用奇怪的的眼

光盯着他。

李理美閉着眼睛等了一會兒，發覺沒有他預期中的光團捲來，自己身子也沒有升上半空，便又拚命喊道：「我要回後唐！快，快讓我回後唐！」

「哈哈哈！」小吉和曉星忍不住哈哈大笑起來。

曉星笑得彎着腰：「要是像你想的那麼容易，那就滿世界都是穿越時空的人了！」

李理美惱怒地瞪了他們一眼，又再大喊：「快讓我回後唐，我命令……命令……」

他到底沒想出要命令誰。

小嵐耐心勸說：「李大哥，你聽我說，你還是先冷靜下來。我們會替你想辦法，幫助你返回後唐的。」

李理美懷疑地看着她：「你們有辦法幫我回後唐？」

小嵐點點頭說：「是。但這事不能急，得從長計議。」

小嵐說的是實話，她的那個時空器因為之前去過宋代和清代，電力已經耗盡。此刻它正靜靜地躺在周家別墅的天台吸收陽光，利用太陽能充電。但何時能充至可以啟動，還是未知數呢！

李理美半信半疑，但他願意相信小嵐。

他順從地跳下大石。

但對其他人，他仍是排斥的。古代宮廷裏的爾虞我詐，為爭名奪利父子、兄弟相殘，這令他對任何陌生人都不信任。

　　從崖下上來，他一直把傳國玉璽藏在懷裏，用手緊緊摀着。

　　小嵐正在盤算如何説服他把玉璽交出來，曉星先開腔了：「李大哥，你把那玉璽摀那麼緊幹嗎？你快點交出來啊！」

　　「不，這是我家的東西，我不能交給你們。」李理美用手摀住玉璽，一副寧死不屈的樣子。

　　也難怪李理美這樣誓死保護玉璽。中國歷史上，堪稱國之重寶的器物不在少數，但恐怕沒有一件比得上傳國玉璽。在李理美心目中，保住玉璽，就是保住了後唐王朝。

　　曉星説：「什麼你家的東西呀？以前，是歷代皇帝的東西；現在，是中國人的東西。」

　　小吉也説：「是呀，你不把玉璽交還，別人會一直把我們當賊呢！」

　　李理美還是十分固執：「不給，就是不給！」

　　小嵐耐着性子説：「李大哥，你聽我説，這玉璽對你們家已經沒有意義了，因為後唐已經亡國了。」

　　李理美説：「如果我有機會回去，我會努力復

86

國的。我不可以就這樣放棄!」

曉晴撇撇嘴說:「你真死心眼,歷史是不可以改變的。」

荊軻聽得不耐煩了,他拔出劍,指着李理美:「你不把玉璽拿出來,我一劍殺了你!」

偏偏那李理美卻不怕死,說:「殺吧,我死也不會給你的。」

曉星鼻子「哼」了一聲:「好,你不把玉璽交出來,我們就不幫你回到後唐,也不給飯你吃,也不讓你到我家住……」

李理美眨巴着眼睛。

曉星把恐嚇升級:「我們把你一個人扔在這裏,餵老虎,餵狼。那老虎好可怕啊,一到晚上就『啊嗚』地怪叫,見到人,一口吞下肚子。還有山賊,他們不但會搶了你的玉璽,還把你衣服剝光了,綁在樹上,羞羞羞……」

太平世界,哪有什麼老虎、狼、山賊,這傢伙還挺會編呢!

但他的話還真的把李理美唬住了。其實他心裏也明白,要是暫時不能回到後唐,在這陌生的年代,陌生的地方,舉目無親的,要是沒有一班朋友相助,還真的連一天都活不下去呢!

要是命沒了,那玉璽能保住嗎?

他想通了。交就交吧，要是他們真能幫助自己回到後唐，找到父皇母后，一家團圓，那比什麼都重要啊！

李理美慢慢地掏出玉璽，萬分小心地用袖子擦了又擦，突然，他大喊了一聲：「啊！」

大家都嚇了一跳：「怎麼了？」

只見李理美兩眼死死地盯住玉璽的一側，神色愕然。

小嵐急忙問：「李大哥，怎麼啦？」

李理美沒回答，又拿起玉璽，看了又看。

曉星過去搖搖他：「李大哥，你不是又反悔了吧！」

李理美把玉璽往他手裏一塞，說：「這玉璽是假的！」

「啊！」大家都呆了。

曉星說：「你不是騙我們吧！你怎麼知道是假的？」

李理美指着玉璽一側，說：「小時候，我跟師傅學微雕，學成後想『小試牛刀』，便偷偷跑進父皇的御書房，在這地方用刀雕刻了一隻很小很小的龜。但這玉璽上卻沒有那隻小龜！」

啊，這跟小吉說的一樣呢！

小吉走過去接過玉璽，細細看着：「真的，沒

有小龜呢！看來，這玉璽跟我的那個一樣，都是假的！」

大家看着那玉璽，都愣了。奔波了大半天，原來是為一個假玉璽瞎忙。

只有細心的小嵐注意到，這時李理美臉上竟露出了一點得意之色。

這不合情理啊！莫非這傢伙知道點什麼？

按理，他應該很沮喪才是。難道他根本就知道玉璽的下落？既然眼前這玉璽是假的，那就證明真玉璽還在某處好好地藏着，所以他……

她對李理美說：「李大哥，過來一下，有話問你。」

李理美乖乖跟着她，走到一邊。

小嵐盯着李理美的眼睛，問道：「李大哥，你是不是知道有關傳國玉璽的什麼事？」

「沒有啊！我怎麼會知道呢？」李理美說話時，眼光躲閃，不敢正視小嵐。

一看就知道他在撒謊。

「即使你擁有傳國玉璽，也是無助你復國的。石敬瑭借契丹兵攻陷後唐，已成大勢。論謀略，你不及你父親，論武功，你不及你兄長，空有傳國玉璽又有什麼用？你將來回到後唐，救出父母親，過平淡日子，那才是上策呢！」小嵐懇切地說，「我

們都是炎黃子孫，傳國玉璽是我們的共同財產，如果你能幫助找回玉璽，那可是一件永留青史的大好事啊！」

李理美低頭沉思。回想父親當皇帝的三年裏，國家動亂、風雨飄搖，他們一家擔驚受怕，沒有過上一天安樂日子。還有石敬瑭大軍壓境，京城被攻陷，父親玄武樓放火自焚之時，那種恐懼，想想都心驚肉跳。

小嵐說得有道理啊！李理美轉身，朝着在場的所有人，大聲說：「大家別沮喪，我知道傳國玉璽的下落。它就埋在我大哥的墓中……」

第十二章

果然是個複製品

　　小嵐把李理美拿走的「傳國玉璽」送回香港展覽館時，北京博物館派來的兩位專家也剛好到達。

　　那是兩師徒。那位白髮蒼蒼的師傅楊教授，還是小嵐認識的呢！他是中國文物界的權威，小嵐的養父母馬仲元和趙敏，都曾師承他門下呢！

　　小嵐並未說出小龜的事，因為，她不知如何解釋消息來源。說是兩個來自後唐和宋代的人提供的，有誰會信？況且，以楊教授能力，相信不難鑑別出真偽。

　　果然，兩位專家根據那玉璽的材料、手工、字體等方面，很快得出結論——它並非是秦王親自監製、刻有丞相李斯親筆篆書「受命於天，既壽永昌」八個字的那個傳國玉璽。

　　如李理美跟小吉所言，是個複製品。

　　在場所有人都表現出極大的失望。只有小嵐表情平靜，因為她早知是如此結果。

　　楊教授感歎地說：「自從一千多年前玄武樓那

場大火之後，真正的傳國玉璽一直未再出現，而仿作的倒見了不少。我和文物打了一輩子交道，最大的心願就是能在離開這世界之前，看到這件國寶中的國寶。」

小嵐嘴唇動了動，她好想告訴老教授，也許他的夙願很快就能實現了。

但她到底沒說出來。雖然從李理美口中知道，當年後唐城破之時，李從珂為了不讓傳國玉璽落入叛軍首領石敬瑭手裏，已密令一名親信大將把玉璽帶往家鄉河北正定，放入早年被殺害的大兒子李重吉墓中。

但是，事隔一千多年，戰爭連年，朝代更替，滄海變遷，李重吉的墓還能不能找到，即使找到了，玉璽是否還在，有沒有被人盜走，都是未知數。所以，往河北尋找玉璽之事，還是暫時保密為好。

於是，她對楊教授説：「楊爺爺，您放心好了。相信終有一天，傳國玉璽一定會重見天日，而您一定會得償所願，親手鑑定真正的傳國玉璽的。」

一席話説得楊教授心花怒放。他拉着小嵐的手，説：「小嵐啊，你是文物界的『福將』，隱藏千年的敦煌第二藏經洞都能被你找到，楊爺爺相信承你貴言，傳國玉璽一定能很快出現。」

小嵐在敦煌協助找到第二藏經洞一事，早已傳

揚天下，楊教授當然也知道了。

小嵐聽到楊教授這番話，心想，為了楊爺爺，為了中華文化遺產的保存，自己上天入地，穿越時空，找遍全世界，都要把真正的傳國玉璽找回來。

兩位專家要馬上回北京了，余館長送他們到機場。小嵐和蔡雄平把他們送到禮賓府門口，看着他們乘坐的車子漸漸遠去。

蔡雄平說：「小嵐，這次玉璽失竊，你東奔西跑幫忙調查，真是辛苦你了。」

小嵐說：「蔡叔叔，您別客氣。我是香港人，香港的事我有義務幫忙。這是我應該做的事。」

「剛才沒來得及問你，你到底是怎樣找回這玉璽的呢？」蔡雄平說，「這事我還得向羅特首匯報呢！」

小嵐看着蔡雄平說：「蔡叔叔，如果我跟您說，拿走玉璽的是個來自古代的人，而這玉璽曾經是他家的東西。這件事情，並沒有人犯罪，您相信嗎？」

蔡雄平嚇了一大跳。穿越時空，到未來，回過去，這些事在科幻故事裏看多了，難道現實生活中真有存在？！

換了別人，他絕對認為是瘋話。

看着小嵐那雙清澈無邪的眼睛，蔡雄平知道她絕對不是說謊。從協助烏莎努爾公國尋找他鄉的王

儲開始，他就認識了小嵐，他知道這女孩非同凡響。他不禁衝口而出：「我相信你。」

「謝謝蔡叔叔！希望您跟羅特首説一下，不要再追究傳國玉璽失竊一事。」小嵐又説。

蔡雄平點點頭，他知道，羅特首跟他一樣，也十分相信小嵐的為人，羅特首一定會尊重小嵐的意願的。

「其實我還有一事相求。」小嵐又説，「請您幫從古代穿越時空而來的四個朋友辦理特許通行證。」

「啊！」蔡雄平又嚇了一大跳。給從古代穿越時空而來的人辦通行證，這可算是「前無古人後無來者」的事情啊！

小嵐懇切地説：「因為一件很重要的事，我明天得去一趟河北。這四個朋友一定得隨我去，他們都是能給我提供幫助的人。但是他們沒有任何身分證明文件，無法出入境。」

「這事得找羅特首，因為只有他才有這個權力。」蔡雄平想了想，説，「你能告訴我去河北的原因嗎？因為即使是羅特首，也不能無緣無故就發出特許通行證的。」

小嵐並非刁蠻公主，她是個明白道理的人。她猶豫了一會兒：「這事嘛，不是不可以講，只是怕牛皮吹出去了，但事情沒辦成功，那好糗啊！」

蔡雄平像哄小孩子一樣，說：「這樣好了，我保證不說出去，我只告訴羅特首。那即使失敗了，也沒有第三個人知道。好不好？」

　　「那您說話算數啊！」小嵐這才告訴蔡雄平，「我們去河北要做的事情，關係到尋找真正的傳國玉璽。如果成功的話，這件國寶中的國寶就能重見天日了。」

　　「真的？」蔡雄平一聽十分興奮，「那太好了，真是太好了！這樣的大事，一定要支持，我馬上就去找羅特首，我想他一定會支持你的。」

　　小嵐高興地說：「謝謝蔡叔叔！我等您回音。」

　　臨離開時，小嵐又叮囑蔡雄平，古代人的事也只許他跟羅叔叔兩人知道，她不想給自己的朋友惹麻煩。

　　蔡雄平笑着說：「我辦事，你放心！」

第十三章

古裝人大變身

小金子送小嵐回周家，一路他都很興奮，嘴沒停過：「小嵐公主，您真是好厲害，怎麼才兩天工夫就把丟失的玉璽找回來了？我是個男子漢、大丈夫，從來沒有佩服過哪個女孩子，但對您，我可是徹徹底底地折服了。」

小嵐笑道：「小金子，沒想到你車開得好，拍馬屁也不錯呢！」

小金子委屈地嚷嚷着：「啊，那您就冤枉我了，我才不是那種拍馬吹牛的人呢！」

小嵐笑道：「哈哈哈，我跟你鬧着玩呢！我相信你是真心的。」

小金子這才高興起來：「是呀，我是真心的。我是您的Fans呢！我在禮賓府工作才幾個月，就聽過您好多故事，包括替烏莎努爾找回國王啦，平息烏隆國和胡陶國的戰爭啦，解開胡魯國真假國王之謎啦……哎呀，每一段都是最曲折離奇的故事……」

小嵐笑起來：「啊，看起來我很出名呢！」

就這樣聊着聊着，很快就到了周家別墅門口。

小金子停車時，突然喊了一聲：「啊，門口有個怪人！」

小嵐一看，心裏暗暗叫聲糟糕。

小金子嘴裏的怪人，正是仍作古裝打扮的荊軻。他雙手握劍，正直直地站在周家別墅大門口。

剛才離開龜背地時，他們兵分兩路，小嵐去送還玉璽，其他人先回周家別墅。當時荊軻執意要跟着小嵐，他說要一步不離保護「銀月公主」。小嵐花了不少唇舌去說明自己不是銀月，又花了不少唇舌說明香港是世界上最安全的城市之一，不用人保護，他才勉強答應不跟小嵐去了。只是回到周家之後，他執意不肯進屋裏，說要在門口等小嵐回來。

小嵐忙跟小金子解釋說：「哦，他是曉星的表哥，是電影公司的臨時演員，大概是打扮好了，在門口等公司的車來接吧！」

小金子也沒在意，只是笑嘻嘻地「哦」了一聲。

小嵐又說：「我們明天十點的飛機，麻煩你八點來接我們。」

小金子朝小嵐揮了揮手：「一點不麻煩，小嵐公主再見！」

「銀月，你回來了！」荊軻嚴肅的臉上露出了笑容。

「又來了，又來了！我不是銀月！」小嵐生氣地噘起了嘴，又趕緊把他往屋裏推，「你穿着這身衣服，太惹人注目，萬一被鄰居看見，那就麻煩了！」

周家別墅的大廳裏鬧哄哄的。曉星和小吉在忙着玩電腦遊機，小吉對那玩意表現出十二萬分的興趣，而曉星本來就是電腦遊戲的「發燒友」，兩個人坐在地上，玩得不亦樂乎。還不時聽到曉星埋怨「老祖宗」的聲音：「不是那樣，這樣才對。嘿，笨死了！」

而小吉為了學會他那年代想都不敢想的玩意，只好暫時放下老祖宗的身分，虛心向「孫兒」學習。誰叫自己技不如人呢！

李理美扯住小雲在屋子裏轉來轉去。李理美對現代的每樣東西都表現得十分好奇，從客廳裏的大掛鐘到廚房裏的微波爐，都問個沒完，偏偏小雲半懂不懂，亂答一通，但李理美卻傻呼呼的照單全收。

只是不見了曉晴。

小嵐問小雲：「曉晴呢？」

小雲指指樓上：「她在房間找漂亮衣服呢，說是準備明天出門的行裝。」

這時，小嵐的手提電話響了，是蔡雄平打來的：「小嵐，你那些朋友辦通行證的事，羅特首同意了。我現在正準備帶上照相機到你那裏，拍通行證照片要用特製的照相機呢！你把地址告訴我。」

「謝謝蔡叔叔！我們現在住在周家的別墅裏，地址是⋯⋯」小嵐把地址跟蔡雄平說了。

小嵐看看荊軻跟李理美還是古裝打扮，便對曉星和小吉說：「喂，你們倆別玩了，有事要做。」

那兩個傢伙正玩得高興，曉星雙手快速按着遊戲操縱器，頭也不回地問：「什麼事，正緊張呢！我快把小吉的軍隊消滅光了。」

小嵐急了：「有要緊事，停停停！」

小吉說：「我要反攻呢！等會好不好？」

「不行不行！」小嵐一跺腳，說，「誰再不停，明天就不帶他去河北。」

這句話果然奏效，兩人扔下操縱器，爭先恐後地站到小嵐面前。

「你們趕快幫荊軻大哥及李大哥換成現代人的裝束。」小嵐說。

「是！」曉星說，「我去我爸的衣櫃找，他的衣服荊大哥和李大哥應該合穿。」

變裝後的荊軻和李理美渾身不自在地站在客廳中間，接受眾人的「檢查」。

大家都眼瞪瞪地看着不再闊袍大袖的荊軻，沒想到這個長髮飄飄的古代劍客，穿起Ｔ恤、牛仔褲來，也同樣瀟灑呢！

　　小嵐端詳了一會，叫曉晴拿個橡皮圈來，把荊軻的長髮束在腦後。咦，效果不錯，十足一個現代潮人！

　　李理美穿了周爸爸平時上班穿的西裝，但頭上卻頂着一個古代髮髻，顯得不倫不類的。小嵐直搖頭。

　　曉星見小嵐不滿意，便順手拿了一頂鴨舌帽，扣到李理美頭上。曉晴説：「通行證照片是不能戴帽子的呢！」

　　她從李理美頭上拿下帽子，又拿來一個橡皮圈，把李理美的髮髻弄散了，然後跟荊軻一樣束在腦後。

　　荊軻跟李理美，一樣的髮式，卻也各顯帥態，一個英武，一個儒雅。

　　小嵐點點頭，「收貨！」

　　這時，門鈴響了。時間剛剛好，蔡雄平來了。

　　見到屋裏站着兩個一模一樣的曉星，兩個一模一樣的曉晴，蔡雄平瞠目結舌。

　　當小嵐給他介紹荊軻時，他激動得睜大眼睛，差點連眼珠子都掉到地上了。他撲過去握住荊軻的

手：「荊軻大俠，幸會幸會！」

荊軻趕緊縮回手，他不習慣這種禮節。

「沒想到，真沒想到啊！一下子見到了三個朝代的古人！」蔡雄平仍十分激動。

小嵐提醒他：「蔡叔叔，開始拍照吧，要不時間來不及了。」

蔡雄平拍拍後腦，對啊，拍完照，還要好多個步驟才能製成通行證呢！

小雲爭着要先照，她看過曉晴的相片本子，早就對她能上「畫片」羨慕不已了。她學着曉晴擺了很多姿勢，結果全部被小嵐「滅」了，只讓蔡雄平替她照了一張正兒八經的正面相片。

小吉照得很順利，「咔嚓」一下就完成了。

李理美對那部會畫人像的東西很感興趣，蔡雄平替他拍照時，他老是伸長脖子動來動去，想看看那東西是怎樣迅速把他的肖像「畫」好的，所以拍了好多張都不行，後來還是小嵐大喝一聲「停」，把他定住了。蔡雄平抓緊時機，「咔嚓」，拍下他的照片！

荊軻跟李理美卻相反，他一動不動地坐着，臉上嚴肅得好嚇人。蔡雄平說：「荊大俠，你試試想些開心的事。」

小吉和曉星不斷朝他扮鬼臉，希望能博荊大哥

尊顏一笑。

　　沒用，依然是標準的「冷面俠客」。

　　小嵐沒法，走到照相機旁邊，說：「荊大哥，記得跟銀月在一起的日子嗎？」

　　驀地，荊軻臉上變柔和了，竟露出一點笑容。

　　蔡雄平趕緊按下快門，為荊軻拍下了一張剛中帶柔的照片。放上電腦檢示效果時，小雲和曉晴看得眼睛發直——好帥氣的荊大哥啊！

第十四章

踏上尋寶之路

一大早，荊軻就掄起大拳頭，在各人的房門上使勁擂着：「起牀！起牀！」

小嵐被吵醒了，她伸了個懶腰，生氣地嚷着，「誰呀？吵什麼吵！擾人清夢。」

可是，她馬上想起來，是自己吩咐荊軻這樣做的。今天十點的飛機呢！

看看鐘，七點半了，真要趕快起來了。還有半小時小金子就來接他們了。

她一骨碌坐了起來，利索地穿好衣服，走出房間。

除了她以外，其他房間還大門緊閉。

一個個都想多賴一會兒。

小嵐站在走廊中間，大聲喊道：「想去河北尋寶的，馬上起來！否則——哼！」

這一招果然有效，大家都明白那個「哼」字代表什麼。誰願意放過這麼有意義的尋寶之旅啊！

房門一扇接一扇地打開了，接着開始「爭洗手

間之戰」。幸好周家別墅每一層都有洗手間，基本上都可以「保證供應」，所以「爭霸戰」不算激烈。

小嵐梳洗完畢，背上簡單行裝，下樓去了。

見到荊軻已在沙發上正襟危坐，雙手按着一把長劍。看見小嵐下來，他嚴肅的臉上又露出了柔和的笑容：「銀……」

他大概怕小嵐又生氣，把個「月」字硬咽回去了。

小嵐看了看他手裏的長劍，說：「你打算帶上長劍出門？」

荊軻點點頭。

小嵐搖搖頭說：「這劍不能帶，武器類東西不許帶上飛機的。」

「哦，真可惜！」荊軻惋惜地撫摸着長劍，又依依不捨地把它靠在牆邊。對於一個劍客來說，劍就是他們的生命啊！難怪荊軻如此難捨。

電話響起，是蔡雄平：「小嵐，不好意思，今天早上有個重要會議，我不能送你們去機場了。」

小嵐說：「蔡叔叔別客氣，有小金子載我們去就行了。」

蔡雄平又說：「還有，很抱歉，今明兩天去石家莊的機票都沒買到，本來石家莊機場就在正定縣

的，很方便。現在給你們買了去北京的飛機票。從北京坐的士到正定縣並不遠，約四小時多一點。你們可以在北京玩玩，再去正定。」

小嵐說：「行，沒問題！」

蔡雄平繼續說：「還有呢，不好意思啊，因為商務客位全賣光了，只替你們買了普通艙的座位。」

「沒關係啦，普通艙也很舒服啊！」小嵐一點也不計較，「只要能坐上今天出發的班機就行。謝謝蔡叔叔！」

最後，蔡雄平又轉告了羅建中的話：「羅特首請你一切小心，注意安全。」

小嵐說：「放心好了。別忘了，我們有『天下第一劍客』隨行呢！有什麼事，他會保護我們的。」

這時候，小吉和曉星拉着手下來了，這「祖孫二人」因對電腦遊戲的共同愛好，感情大增呢！

「你們的姐姐呢？」小嵐問。

曉星和小吉異口同聲地說：「還在扮靚靚！」

「叭叭叭……」外面有人按車喇叭，是小金子來了。

小嵐故意朝樓上大聲說：「好啦，我們走了，別管她們了。」

話音剛落，那兩人從樓上飛撲下來：「別別別，來了來了！」

小金子等各人都上了車後，掏出一疊通行證和機票，交給小嵐：「這是蔡先生讓我交給您的。」

小嵐把通行證發給各人，又詳細地講解了通行證的作用，以及過關時應怎樣做。

小雲一見上面的照片就噘嘴，説是照得沒本人好看。大家湊上去看，都説不是啊，很好看啊！

倒是李理美那張相片讓大夥兒笑痛了肚子，愣愣的，傻傻的，曉星説：「十足一隻呆頭鵝！」

小雲和曉晴搶着看荊軻的通行證，嘴裏不斷發出「帥死了，帥呆了」的讚歎聲。

車子裏鬧哄哄的，弄得小金子心癢癢的老想回頭看熱鬧。他也還是個孩子啊！

很快到了機場，一班人跟小金子説過再見，便咋咋呼呼地走進機場大樓了。

大家辦完登機手續後，又由曉星帶着去機場裏的餐廳吃了一頓美味的早餐。小吉跟曉星不愧是一個祖宗出來的，美食當前的饞勁兒可是一模一樣。

吃完早餐一行人悠悠然登機去，一路上，惹來不少好奇的目光，還有人指指點點的。他們一定以為，曉晴和小雲，曉星和小吉，是兩對雙胞胎兄弟姐妹呢！

檢查證件時，那女工作人員一見到通行證上「荊軻」兩字，情不自禁喊道：「喲，跟戰國時的荊軻名字一樣呢！」

　　荊軻面無表情地接回證件，心裏想：「奇怪，我不就是戰國時的荊軻嘛！」

　　大家全都通過安檢，入了禁區後，忽然見到有幾個穿白西裝的人在禁區外面大喊大叫：「公主，公主！」

　　小嵐一看，啊，原來是那四名保鏢。小嵐早把他們忘得乾乾淨淨了，四名保鏢顯然是沒有機票，沒法進去，一個個在禁區外上躥下跳。

　　曉星朝他們揮手：「拜拜！」

　　氣得他們乾瞪眼。

　　飛機誤了點，遲了一個小時才登機。一行七人上了飛機，繼續成為機艙裏的焦點。

　　首先是兩個漂亮的「孿生姐妹」，還有兩個可愛的「孿生兄弟」。大概是孿生子長大了就都不喜歡一塊上街，所以人們一般很少看到長得一樣的少女或少男出現在公眾場所，但現在是一見就兩對，哪能不引起轟動。

　　但繼而人們的眼睛就漸漸被另外那對男女吸引住了。

　　那個長頭髮濃眉鳳目的男子，好英俊啊，那種

不吃人間煙火的俊美和冷傲，令他們想起了那些古代俠客（他們哪裏知道，他就是不折不扣的古代大俠啊！）。

那個柳眉杏眼的少女，漂亮得不禁要令人驚歎造物主的神奇。看她那種氣質，彷彿是個高貴的公主（嘿，什麼彷彿？她就是一位公主嘛！還是不只一個國家的公主呢！）。

一班少年男女中間似乎只有李理美被人們冷落了，但他卻認為那些眼睛是看他的，他拉拉小嵐，又拉拉荊軻：「有沒有發現，那些人都盡朝我看。當然啦，他們哪見過這麼風流瀟灑、玉樹臨風的古代王子！」

但是，他們誰都沒有發現，就在他們後兩行的座位裏，一道充滿邪氣和貪婪的目光，在緊緊盯着他們。

其實，自從龜背地開始，這道目光就一直追隨着他們了。

第十五章

飛機上的「冷笑話」

飛機起飛了。

七個人當中，數小吉和小雲最高興，他們倆早聽小嵐描述過現代的飛機，早就渴望有一天能坐上去遨遊天空了。

「噢噢噢，我會飛囉！我會飛囉！」小吉用雙手作狀飛了一番，又不停嘴地說開了，「哈，我們把山踩在腳下了，又把河踩在腳底下了，嘩，看那些車子，變螞蟻了……」

小雲開始還有點害怕，不敢看窗外的景色，但很快被小吉的興奮情緒感染了。她把鼻尖貼在舷窗上，先是睜開一隻眼睛，她隨即露出驚喜的神情，於是馬上睜開了另一隻眼，驚訝地盯着地面上越變越小的東西。

荊軻雖然保持着一貫的冷靜，但仍可從他那雙瞟向窗外的眼睛，察覺到他內心的震撼。

七個人中就數李理美最搞笑，他大聲發表宏論：「啊，偉大啊！人類已經可以跟鳥一樣在空中

飛了，這可是一個重大的創舉啊！」

　　他又一手抓住坐在身邊的曉星：「請問，我們是不是第一批飛上天空的人？」

　　他的話引來了很多詫異的目光，曉星說：「對不起各位，這位哥哥是史上最白癡的人，你們別理他。」

　　李理美不明白什麼叫「白癡」，便問：「你剛才說什麼，說我是白癡？白癡是指什麼？」

　　曉星說：「白癡是指世界上最聰明的人！」

　　「謝謝！你說得很對，我真是名副其實的白癡呢！」李理美很高興。

　　坐在後排的幾個女孩子聽着他們的對話，就像在聽精彩的「冷笑話」，一個個忍俊不禁，全都哈哈大笑起來。

　　「曉星真壞，怎麼老捉弄李大哥。」小嵐輕拍了一下曉星的後腦勺，然後跟李理美說，「李大哥，飛機已經發明了一百多年了，我們並不是最早飛上天空的人。」

　　「哦，可惜了！可惜了！」李理美很覺惋惜。

　　「哎，曉星。」他又扭頭想問曉星什麼，但對方卻佯裝看窗外風景，沒理他。

　　李理美有點沒趣，便起身跟後排的荊軻說：「荊大俠，跟你換位子好嗎？」

他想跟小嵐坐在一起，在這麼多人中間，他覺得小嵐對他最好。

「不行！」坐後排的小雲和曉晴異口同聲反對。她們怎可以放過和荊大哥一起坐的機會啊！

小嵐站起來說：「我跟你換吧！」

「啊，不用了，謝謝你！」李理美只好沒趣地坐回原位了。

大約兩點多，飛機徐徐降落地面，廣播器裏傳來播音員溫柔的聲音：「親愛的旅客們，飛機已經到達了目的地——北京。北京是一座有三千餘年歷史、八百五十餘年建都史的歷史文化名城，歷史上有四個朝代在這裏定都，薈萃了自元明清以來的中華文化，擁有眾多歷史名勝古跡和人文景觀……」

小嵐急着去河北找尋玉璽，便決定不在北京停留，馬上坐的士去正定。

曉晴曉星已來過北京多次，所以對於小嵐的決定全沒意見，而其他的幾個「古人」，一下飛機就根本昏頭轉向不知東南西北，都全憑小嵐作主。

截了兩部的士，曉晴和小雲上了前面一部，便喊：「荊大哥，這裏還有一個位子，快來呀！」

小嵐不想她們老是纏着荊軻，便拉開車前門，讓荊軻坐在司機旁邊，自己就到後座，坐到曉晴身邊。

那兩個芳心大動的女孩，全都嘟着嘴很不高興，但又知道拗不過小嵐，只好鼓着兩腮生悶氣。

車子一路飛馳，小雲和曉晴不斷地逗着前面的荊軻説話，但荊軻正襟危坐，頭也不回，弄得那兩個自作多情的傢伙很沒趣，只好乖乖地閉了嘴看車外風景。

車子已經在路上走了兩個小時了，司機面前的自動導航儀一路顯示出車子所在位置，以及將經過的地方。

突然，荊軻大喊一聲：「啊！」

車裏的人都大吃一驚，司機被他一嚇，竟把握不住方向盤，車子差點滑出正常行駛車道。

「怎麼啦？」車裏的人幾乎異口同聲地問道。

小嵐問：「荊大哥，出什麼事啦？」

荊軻指着導航儀上的一個地方，小嵐一看，竟是易水河！

原來由北京到正定縣，會經過當年荊軻起行去刺秦的、因此而流芳千古的易水！

怪不得荊軻如此激動。

荊軻指着易水，用不容反對的語氣嚷道：「去這裏，馬上！」

司機好像也察覺到小嵐是這幫人的頭兒，他扭頭，用徵詢的眼神看了看她。

小嵐一直想找個合適機會跟荊軻好好談談。她想，在荊軻大哥重遊舊地、尋找當年的軌跡的同時，因勢利導，或許能讓他打開心結呢！

　　她點頭說：「好，去吧！」

　　車子經過易縣縣城時，小嵐朝司機喊了一聲：「司機，先停一下。」

　　後面那部車見狀，也停了下來。

　　後面車子的人還不知道發生了什麼事，他們全都下了車。

　　曉星問：「怎麼停下來了，不是說要四個多小時才能到正定縣的嗎？這是哪裏？」

　　小嵐說：「這是易縣，再過去不遠，就是易水河。荊軻大哥想去那裏看看。」

　　小吉說：「易水，不就是當年太子丹一班人送別荊軻大哥的地方嗎！啊，我們也想去看看。」

　　小雲和曉晴曉星也都說：「對對對，一塊去！」

　　小嵐看了看荊軻，他一直坐在車子裏一動沒動，臉上滿是悲愴。

　　她對眾人說：「我想，荊軻大哥一定很想一個人重回舊地，我們就都別去打擾他了。我剛才上網查過，易縣縣城有個遊戲機基地，嘖嘖，好玩得簡直無與倫比。」

小吉和曉星一聽，馬上眼放光芒，異口同聲地嚷起來：「啊，真的？」

這祖孫倆越來越合拍了，說話都一個調。

小雲和曉晴就看着小嵐：「你也不去嗎？」

「嗯，不去。」

小雲和曉晴不再說話了。連小嵐都不去了，她們再爭取也沒用。

小嵐跟曉晴說：「記得要照顧好李大哥，別走丟了！」

曉晴剛要問：「那你呢？」小嵐已經鑽進了的士，「砰」一聲關上了門。

上當了！

大家追着車子叫嚷着，但車子已經「呼」一下開出老遠了。

小雲和曉晴直跺腳。

小吉和曉星呢，去不成易水河，有遊戲機玩，也不覺吃虧。

李理美倒是無動於衷，請他都不一定想去呢！

一班粗心的傢伙，全然沒察覺到，剛才在飛機上不懷好意地盯着他們的男人，一直跟在他們後面。

第十六章

她等了你兩千年

　　這就是易水河嗎？它已經沒有了當年的蕭瑟與悲壯，清澈的河水緩緩流淌，兩岸翠柳成行⋯⋯

　　荊軻慢慢地向前走去。

　　小嵐默默地跟在他後面。

　　荊軻停在了易水河邊，一陣風吹過，拂起了他那黑黑的髮絲，吹動了他的衣袂⋯⋯

　　彷彿時空逆轉，小嵐看到了兩千年前那個永留史冊的場面⋯⋯

　　荊軻昂然佇立在易水河邊，透着威儀的嘴唇露出淒冷的微笑。燕太子丹與送行的朋友全都穿上了白衣，琴師高漸離為好朋友彈出絕世琴音，人們「為壯聲則髮怒衝冠，為哀聲則士皆流涕」。晚風裏，荊軻緊握劍柄，衣袖一揮，駕車離去。在朋友們悲天撼地的哭聲和呼喚聲中，他連頭也不回，只擲下一句千古絕唱「風蕭蕭兮易水寒，壯士一去兮不復還！」

　　難道這世界沒有值得你留戀的東西嗎？生命、

青春、親人、朋友，還有那個你望眼欲穿的人？

可你還是頭也不回地走了。為了一個承諾，為了一個使命，向着那個已知的結局走去……

小嵐眼眶一熱，心裏充滿了對荊軻的崇敬。此刻的荊軻，他心裏在想些什麼？

在想他兩千年前始終等不到的那個人，還是追憶着那次悲壯的送別，或者是痛惜着那次未遂的壯舉。

小嵐知道他心裏的不平靜。

她悄悄走到荊軻身後，喚了一聲：「荊軻大哥。」

荊軻此時才驚覺自己只顧沉湎在過去，冷落了小嵐多時，他不由得歉意地說了聲：「對不起！」

太陽撒下的光輝，照得易水河兩岸一片燦爛。

小嵐說：「荊大哥，你看，這景色有多美！」

荊軻點點頭。的確，眼前沒有了易水送別時那一片蕭殺之氣，沒有了黃葉滿地、衰草漫天。滿目是清清的河水，搖曳的柳樹，再看遠一點，道路縱橫，高樓林立，車水馬龍，一派欣欣向榮。

寬闊美觀的林蔭道上，不斷有行人走過：有匆匆而過的打工族，有拖着小朋友散步的年輕夫妻，有相互依偎而行的小情侶，他們的臉上，無一不露出幸福平和的表情。

「我好羨慕你們這個年代的人,沒有戰爭,沒有殺戮,一片安定繁榮⋯⋯」荊軻長歎一聲,繼續說,「其實,我並不喜歡做刺客,不喜歡殺人,我希望和平。只是身處那個戰亂的世界,先是國與國之間爭奪地盤,戰爭頻發,征伐不已,世不安寧,民不聊生。之後是逐漸強大的秦國侵吞六國,以致遍地白骨。所以,當燕國的太子丹求我刺秦王時,我一口答應了,我認為,只有殺死秦王,才能令天下太平⋯⋯」

小嵐很理解荊軻。春秋戰國是中國歷史上一個特殊的時期,「朝為公卿暮填溝壑」為尋常事,人人都生活在時刻可能橫死的恐怖裏。秦國大將白起殘忍殺害四十萬趙國戰俘,更引起人們的憤怒與恐慌,所以,荊軻當時的捨身「刺秦」,驚天地泣鬼神,令他成為千古豪俠。

小嵐說:「荊大哥,我理解你。所以,你在我心目中,在中國人的心目中,在歷史的記載中,始終都是一位頂天立地的英雄好漢。」

荊軻看着小嵐,臉上又出現了那種鐵漢柔情:「謝謝你!為了天下百姓,我萬死不辭。」

他看着天邊片片白雲,說:「所以,只要能夠回到過去,我一定再去刺秦,不手刃秦王,誓不罷休!」

小嵐說：「荊大哥，你聽我說。秦王暴虐，令人髮指。但是，秦王絕對不能殺！」

荊軻大驚，雙眼看定小嵐：「為什麼？」

小嵐陳說利害：「因為秦王一死，天下會更亂，受苦的還是百姓。歷史上正是這樣，秦王統一天下，結束了春秋戰國一直以來的連年戰爭，人民才有了休養生息的機會……」

「啊？真是這樣嗎？」荊軻身體微微一震。

小嵐點點頭。

但荊軻眼裏的怒火並未因此熄滅。也難怪，生在那個年代，目睹在秦國大軍征伐下許多無辜慘死的百姓，想起那四十萬被秦將殺害的趙國士兵，他就難消心中憤恨。

小嵐明白，要他接受現實，決非易事。

不知不覺，太陽已經漸漸西下，落日的餘暉，把大地萬物全都塗上一層金色。小嵐忽然發現了什麼，她拉着荊軻的手，朝前面走去。

一座高高的石像豎立在山腳下。

那是個古代男子，他巍然屹立，一手按腰，一手持劍，深邃的目光望向遠方……

石像底座刻着四個字——荊軻義士。啊，原來是人們為紀念荊軻而立的碑像。

荊軻呆呆地站在自己的石像前，他沒有想到，

自己區區一名俠客，會讓人們如此地紀念着。

小嵐說：「當初你冒死刺秦，忠肝義膽，欲救萬民於水火，贏得了世人的感動和欽佩。所以，後人一直視你為英雄⋯⋯」

那鐵漢子眼裏竟蒙上了一層水霧，他在按捺着心裏的激動。

石像後面的小山上，有一座十幾層高的塔，荊軻心有所感，不由得拾級而上。

只見一個男人和一個小女孩站在塔前，看上去應是父女倆。

小女孩問：「爸爸，這是什麼塔？」

男人回答說：「這塔是為紀念戰國時的義士荊軻而建的，叫荊軻塔。」

「荊軻？荊軻是個很了不起的人嗎？」

「是呀，他很了不起，他是個頂天立地的英雄。」

「爸爸，你看，這裏有塊石碑呢！您給我唸唸，上面寫的是什麼？」

男人趨前細看，唸道：「燕趙古稱多慷慨士，而荊軻挾匕首入秦，為燕丹報讐。此其節尤著者，史傳皆稱軻俠士。余謂不⋯⋯噢，下面的字太模糊了，看不清楚。」

小女孩突然發現不遠處還有一塊碑，她走了過

去，喊道：「爸爸快來看，這塊碑上的字清楚多了！」

男人走了過去，看了看，說：「哦，這塊碑是早些年才挖出來的。人們為美化附近的環境，挖土種樹，沒想到挖出了這塊碑。據專家考證，這是一塊墓碑。碑的歷史悠久，極可能是戰國時期留下來的。看碑文的意思，像是一位女孩子跟喜歡的人約好了在易水邊見面，但錯過了相約的時間。愛人走了，她在易水邊一直等他，但卻始終沒能等到，女孩傷心過度，死去了。」

他們的話，清晰地飄進小嵐和荊軻耳裏。荊軻愣了愣，急急向那兩父女方向走去。

那小女孩仍在問：「爸爸，這女孩子好可憐啊，她叫什麼名字？」

「讓我看看，她叫……銀月。」

荊軻像遭雷擊一樣，臉色大變，他呆了呆，拔腿跑了過去，「撲通」一聲跪在那墓碑跟前。

「銀月！銀月！是你嗎？」

那兩父女顯然被嚇了一大跳。父親驚疑地看了荊軻一眼，牽着女兒的手，急急離開了。

那女兒一邊走一邊扭頭看荊軻：「爸爸，那叔叔一定是認識那女孩子的。」

「哪會呢！女兒，你的想像力真豐富。」

那兩父女邊説邊走遠了。

荊軻摸着墓碑上的字，嘴裏喃喃着：「銀月公主，對不起，我不應該不等你來就離去，是我害了你。」

小嵐同情地看着荊軻，那鐵漢子的眼裏，竟盈滿了淚水。

荊軻把眼淚硬生生地咽了回去，但小嵐的眼淚卻抑制不住，「嘩嘩」地流了下來。

可憐的銀月，荊軻等了她五個月，她等了荊軻兩千年。

第十七章

史上最大的賊

兩部的士載着小嵐等七個人離開易縣,兩個多小時後,終於到了正定縣。因為天色已晚,他們便在縣城的多利賓館住下了。

小嵐吩咐說:「明天七點準時起牀啊,賴牀的,一律扔下不管!」

一班人咋咋呼呼去找房間了。

三個女孩子住了一間套房。一客廳一洗手間,外加一間有着三張牀的卧室。

小城的這家賓館還不錯,設備很齊全,環境也挺乾淨的。她們輪流着洗了個舒舒服服的澡,便躺到了牀上,吱吱喳喳地説着話。

這時,「砰砰砰」,有人使勁敲門。

三個女孩子互相交換了一下眼色,不用問就知道,準是曉星和小吉!除了這兩小子,沒有人會在別人正在休息或正想休息的時候來打擾的。

女孩子們全用被子捂住頭,不理睬。

誰知道,敲門聲鍥而不捨,越敲越起勁,而且

還有人用身子撞門。看樣子他們是門不敲開死不休了。

曉晴把被子一掀，翻身下牀，罵罵咧咧地跑出室，跑到大門口，猛地一拉門。門外兩個正撞門的收不住腳，人摔了進來，跌在地毯上。

果然是曉星和小吉。

「吵什麼吵！」曉晴生氣地説。

這時小嵐和小雲也穿好衣服出來了。

曉星跑到小嵐面前：「小嵐姐姐，出大事了！出大事了！」

小吉也神色緊張地説：「不得了啦！不得了啦！」

小嵐皺着眉説：「神經兮兮的，發生什麼事了？」

曉星説：「我們見到一個大賊！」

小吉説：「中國歷史上最大的賊！」

曉晴早看慣了弟弟的大驚小怪，便揶揄地問：「啊，真了不起，發現很大的賊了。他偷什麼了？快報警啊！」

曉星説：「他偷的東西很大很大……」

小吉説：「大得你看不到邊……」

小嵐不耐煩了：「廢話少説，他究竟偷什麼了？」

曉星和小吉異口同聲地說：「國家！」

「啊！」三個女孩子異口同聲地重複了一遍，「國家？！」

小嵐聳聳肩：「你們別再故弄玄虛了，那大賊是誰？」

小吉和曉星一齊說：「王莽！」

小嵐嚇了一跳：「王莽？！你們說的是篡奪了漢家天下的王莽？」

曉星說：「就是他！」

小吉說：「就是這個人！」

小嵐問：「你們在什麼地方見到他的？你們又怎麼知道他是王莽？」

曉星和小吉你一句我一句，女孩們聽了半天，才弄清楚是怎麼回事。

原來，剛才小吉和曉星去酒店小賣部買了很多「滴滴銀」，然後跑到酒店前面的大廣場玩。「滴滴銀」是一種小孩很喜歡的玩意，點着了，它會發出閃爍的銀色火花，十分漂亮。

可惜那玩意燃燒得挺快的，不到半小時，幾十枝滴滴銀就燃燒完了。兩人摸摸身上沒錢了，就打算跑回酒店找姐姐們要。走近櫃台時，聽到有個瘦子在問櫃台職員：「請問王莽住在哪一層？」

王莽？曉星馬上想到了漢朝時那個王莽，哈

哈，莫非又來了古裝人？嘩，這回可熱鬧了！

他拉拉小吉，小吉心領神會，兩人裝模作樣地在酒店大堂裏玩掌上遊戲機，暗地裏留意着瘦子的舉動。

那職員替瘦子查了電腦，告訴他王莽在1314號房。那瘦子轉身正要向電梯走去時，大門外進來了一個四十歲左右、染了一頭金髮的男人，瘦子臉露驚喜，喊了一聲：「王莽！」

王莽一見瘦子，馬上鬼鬼祟祟地朝四面看了看，又把瘦子拉到一邊。兩人交頭接耳了一會兒，就一起出去了。

曉星和小吉跟着跑出去，想看看他們去幹什麼，誰知道那兩人早不見了蹤影。

「嘿？！」曉晴不以為然，「大驚小怪！你怎麼知道他就是王莽？也許他是叫王芒，或者王望？」

「對！」小雲也說，「即使他真的叫王莽，也不能說他就是漢朝那個王莽呀。同名同姓的人多的是！」

曉星仍堅持着：「萬一他真的是那個王莽……」

小吉也挺固執：「萬一他又想來篡政……」

兩人一齊說：「那我們國家就危險了！」

曉晴說：「你們少操心，中國現在固若金湯，就憑他，哈哈哈……」

127

小雲説：「你們少來杞人憂天了。去去去，我們要睡覺了。」

兩人説完，就一齊把小吉和曉星往門外推。

「小嵐姐姐！」那兩個傢伙想抓住根救命稻草。

誰知小嵐翻了翻眼：「無聊！」就徑自回房間去了。

曉星和小吉兩人，委委屈屈地回到自己房間。

曉星説：「我們一定要想辦法證明那人就是王莽，讓她們心服口服！」

小吉點頭：「對，還要找到王莽來這裏篡政的罪證！讓她們五體投地。」

「哈哈哈哈！」兩人仰天長笑，然後伸手碰了碰拳頭，「祖孫同心，其利斷金！」

臨睡下時，他們互相約好第二天早點起來，在出發去尋找李重吉墓之前，爭取時間查找王莽犯罪的蛛絲馬跡。

果然是言出必行，第二天，兩人一大早就醒了。洗把臉，出了門！

找到了1314號房，大門緊閉。

兩人正鬼鬼祟祟地張望，1314號房的門「吱呀」一聲開了，裏面走出一個人來。

不好！

兩人正要躲，突然發現那人身穿白色員工制服，推着輛餐車。哈哈，是酒店職員，真乃天助我也！兩人趕緊上前，口甜舌滑地道：「哥哥，早上好！」

那人看樣子挺和善的，他咧嘴笑時，嘴巴張得大大的，笑得很燦爛：「早上好！你們是……」

曉星說：「我們是來找住1314號房的王莽的。他在嗎？」

「噢，不在。他一整晚沒回來呢！」大嘴哥哥指了指餐車，「他昨晚在外面打電話回來，叫我們送份晚餐去他房間，他馬上就回來。但今天我去收拾時，他人不在，食物也原封不動。」

大嘴哥哥一邊推車走，一邊說：「你們等會兒再來找吧，他一定會回來的，他還沒辦退房手續呢！」

曉星和小吉互相看了一眼。心裏不約而同地想：一整晚沒回來？八成是偷東西去了。他這回偷的是什麼呢？

第十八章

末代皇帝的家族徽號

　　一眾人吃完早餐就出發了，跟着李理美去尋找李重吉的墓。李理美似乎很沒有方向感，帶着眾人在大街上轉來轉去，一臉惶惑。

　　「我還是送哥哥靈柩回來那次來過這裏呢！糟了，怎麼沒有一點當年的樣子？」

　　曉晴說：「嘿，都過去一千多年了，如果還是當年的樣子，那才奇怪呢！」

　　曉星也跟着起哄：「是呀，是呀，李大哥，你老人家究竟有沒有記錯地方？別讓我們白走一趟！」

　　李理美氣得想吃人：「我翩翩美少年，怎麼是老人家呢！」

　　曉星扮個鬼臉：「後唐離現在都一千多年了，你還不是老人家呀？」

　　李理美氣結。

　　小嵐不滿地說：「你們別添亂好不好，讓李大哥好好想想嘛。」

　　她又向李理美說：「你仔細想想，你哥哥李重

吉的墓，附近有什麼山或者河？」

李理美一拍後腦勺，説：「謝謝小嵐提醒，我記起來了，哥哥的墓地前面有條河，叫落月河。墓後面有座山，叫什麼……對，叫摘星山。記得我當時還老想是不是登到山頂就可以摸月摘星，還説想登上去看看。父皇沒了哥哥正傷心，見我還有閒心去玩，便給了我一巴掌，打得我眼冒金星。」

「該打……」那四個不識趣的「哄」一聲笑了起來。

小嵐也有點忍俊不禁：「李理美，你也太有點……嘿！」

還真是「得來全不費工夫」，隨便找了個路人問問，那人用手一指，説不遠處那座高聳入雲的山就是摘星山。

一行人浩浩蕩蕩向摘星山走去。怪不得人們常説「望山跑死馬」，走了快一個小時還沒到山腳，除了荊軻仍然腰背挺直，步履如飛，其他人都開始潰不成軍，東倒西歪了。

忽然，曉星高興地喊起來：「好啦好啦，我們可以休息囉！」

「到了嗎？」一直叫苦連天的小雲和曉晴異口同聲地問。

「你們看！」曉星指着一塊擋着路的大木牌。

只見木牌上寫着：前面工程　閒人免進

曉晴高興得大叫：「木牌萬歲！」

小雲也開心地喊着：「『閒人免進』萬歲！」

兩個人歡呼着找地方坐了下來。

小嵐叉着腰，似笑非笑地看着他們：「別高興得太早了！這裏進不去，我們等會就要拐個大彎，繞道前進！」

「啊！繞道！」幾聲慘叫，「那不是要走更多的路！」

除了荊軻淡然以對，其他人都着急地嚷嚷起來：

「把木牌劈了！」

「最討厭『閒人免進』了！」

「強烈抗議攔路！」

小嵐沒理他們，她仔細地觀察着四周環境。

突然，她看見十幾米遠的地方，有兩個年輕男人坐在一塊大石頭上，邊用帽子搧着風，邊聊着什麼。其中一個人還用根樹枝在泥地上邊說邊劃着。

小嵐注意到，那兩個人身邊有兩輛單車，單車的車頭是向着大山方向的。

小嵐走了過去，笑着說：「兩位好！」

那兩個人看見來了一個又漂亮又有禮貌的女孩，都笑着點頭回應。「你好你好！」

「先生，你們是要往那邊去的嗎？你們知不知道，那裏為什麼封路了？」

「是的，我們是考古隊的，正要去那邊工作。山腳下新發現了一個古墓，正在發掘呢，所以封路了。」

「古墓？」小嵐心裏一陣驚喜，「是哪個年代的，很久遠的嗎？」

「看樣子應該有千年以上了。」

「墓裏埋的是什麼人？」

「棺槨還沒打開呢！但根據棺槨周邊的陪葬品看，墓的主人應是貴族……」

「啊！」有人一聲驚叫，把正在說話的三個人嚇了一跳。

小嵐一看，是不知何時跟了過來的李理美。他看着泥地上用樹枝畫的一隻小烏龜，兩眼發直。

那小烏龜應是剛才兩個年輕人在討論時，隨手用樹枝畫的。小嵐順着李理美的目光仔細看看，也發現有點奇怪，因為那小烏龜背上的花紋，並非正常的呈幾何圖形，而是一些彎彎曲曲的奇怪符號。

那個穿黑色工作服的年輕人見李理美如此模樣，便問：「你見過這花紋？」

李理美激動地點頭，問道：「這有着特別背紋的小烏龜，是否刻在一隻扁扁圓圓的陶瓶上面

的？」

「啊！」這回輪到那兩個年輕人驚叫了，「正是正是！」

穿黑色工作服的年輕人說：「天哪，你怎麼知道？我們剛才還在費煞思量，不知道為什麼古人會在烏龜背上畫上這些奇怪的符號。」

李理美喊道：「我當然知道……」

李理美話沒說完，就被小嵐一把拉住，走到一邊。

李理美傷心地說：「他們挖的是我哥的墓呀！那隻小烏龜是我刻在花瓶上，再讓陶工燒製的。龜背上的花紋，是我們家族的徽號啊！」

小嵐拍拍李理美的肩膊，以示慰問，又說：「你如果不想讓人當猴子般關起來研究，就別露出馬腳。等會你別說話，我替你回答。」

小嵐拉着李理美回到那兩人身邊，那兩個人正用殷切的目光看着李理美，希望他能解決他們心中的疑問。

小嵐說：「剛才這位李先生告訴我了，那龜背上的花紋，是他們家族的徽號。」

「家族的徽號？」

「是的，他祖先是歷史上有名的人物……」

「誰？是誰？」那兩人迫不及待地問。

「後唐末帝李從珂。」

「啊！」那兩人互相看看，神情都非常激動。

穿黑色工作服的年輕人說：「我們之前都猜測，按那墓葬的規格，裏面埋的人肯定地位不凡，原來是出自帝王後代！看那墓的歷史也有千年以上了，莫非⋯⋯莫非我們挖到的是李從珂的墓？」

李理美搖頭說：「不可能。」

「你為什麼這樣肯定？」穿黑色工作服的年輕人狐疑地問。

「因為⋯⋯」李理美剛要回答，背後被小嵐戳了一下，他趕緊住了嘴。

小嵐對那兩人說：「其實李先生也不是太肯定，不如讓他跟你們去墓地現場看看，或者能得出更準確的答案。」

去到現場，就有機會查找傳國玉璽的下落了。

那兩人一聽正中下懷，忙說：「太好了，那就麻煩李先生跟我們走一趟，幫忙鑑別。」

小嵐馬上朝那邊正坐着休息的五個人喊：「喂，你們快過來。」

「呼啦」一下來了五個人。那兩個年輕人一看嚇了一跳，古墓挖掘重地，不可以讓這麼多人進入的。

他們不禁有點為難起來。穿黑色工作服的年輕

人説：「能不能就你們兩位進去，他們⋯⋯」

小嵐也不想勉強，便對曉晴他們説：「大家聽着，我跟李大哥進去幫忙查勘古墓，你們五個人就在這裏等着。」

偏偏有人想湊熱鬧。曉星説：「不，我也要去！」

小吉説：「我對文物鑑別有研究，我也去。」

兩個女孩剛剛還在嚷腳痛，休息了一會兒已經舒緩過來，也吱吱喳喳地嚷着要去。

荊軻沒作聲，只是靜靜地看着小嵐，等她吩咐。

小嵐柳眉一豎，説：「別説了，你們都乖乖地留在這裏。」

那幾個傢伙哼哼唧唧的，一臉的不情願，曉星還擺出一副龍潭虎穴也要闖的架勢。

小嵐又向荊軻説：「荊軻大哥，看着他們，一步不准離開，等我回來。」

「是！」

荊軻把身子攔在曉星他們面前，讓小嵐他們離開。

曉星不服氣，硬要跟着去，被荊軻提着衣領，像拎小雞一樣拎回去了。

第十九章

一個四方形的印痕

　　小嵐和李理美跟着那兩個年輕人走入禁區。

　　經介紹知道，穿黑色工作服的年輕人姓朱，是考古隊的副隊長，另一名是姓白的考古學博士。

　　剛走了幾步，只見草叢中騰地站起四個身穿保安員制服的彪形大漢，各人手執一根警棍，喝道：「什麼人？」

　　白博士忙説：「是我，小白。還有朱副隊長！」

　　保安裏一個高個子説：「哦，是你們！對不起。」

　　朱副隊長問：「怎麼今天這麼多人站崗？昨天才兩個人呢！」

　　高個子保安説：「朱副隊長，昨晚墓地被盜了……」

　　朱副隊長和白博士大吃一驚：「被盜？！有損失嗎？」

　　高個子保安説：「詳細情形不清楚，你們趕快去看看吧！」

朱副隊長和白博士讓小嵐及李理美坐上他們的單車尾座，心急如焚地往墓地奔去。

　　小嵐心裏也很着急，老天保祐，別讓人盜走了傳國玉璽！

　　單車大約在路上走了五六分鐘，就看到前面一個大坑，坑邊有個五十歲上下的男人，在跟身邊一班人說着什麼。一見到朱副隊長，那人便喊道：「小朱，昨晚有人來盜墓。」

　　朱副隊長着急地問：「程隊長，不是有人廿四小時守着嗎？怎麼會這樣！」

　　程隊長指指身旁一個穿保安員制服的男人，說：「大剛，你給朱副隊長說說情況。」

　　那個叫大剛的保安員說：「我們昨晚有八個人輪流值班，從傍晚六點開始，每四人當值六小時。前半夜我和另外三個人值班都沒事，到一點鐘時，我們就換班了，回到離墓坑約十米遠的帳篷躺下休息。半醒半睡時，我聞到一股怪怪的香氣，後來就睡得死死的了。我一直到早上七點才醒，醒時看見躺在旁邊的幾個隊員還在呼呼大睡呢！我連忙叫醒他們，大家走到帳篷外面，卻發現那四個值班的隊員也睡得像死人一樣。大家清醒之後，都不約而同說起昨晚聞到香氣的事，感覺就像是那些武俠小說裏講的迷香一樣。後來，我們再去查看墓坑，發現

棺槨被人撬開了。」

朱副隊長急問：「那有沒有查清楚，究竟丟失了什麼？」

程隊長說：「經初步點算，棺槨旁邊的青銅器及陶器一件沒少，而棺槨裏也似乎沒有被翻過的痕跡，一副骸骨仍十分完整，頭骨下一個陶枕也在。反正看上去，似乎什麼也沒有少。」

朱副隊長說：「那太奇怪了，賊人花那麼大的力氣，迷昏了保安員，撬開了棺木蓋，卻什麼也沒拿，這太不合情理。」

程隊長說：「不過，以前也有過先例，就是盜墓的是些文化層次較低的農民，他們只知道玉器金器值錢，而對那些青銅器及陶器是不屑一顧的。他們並不知青銅器和陶器的價值……」

趁着他們討論的工夫，小嵐拉着李理美，在墓坑旁仔細觀察起來。

那是一個大約長十米、闊八米、深五六米的坑洞，裏面的東西一目了然。中間是一副打開了的棺槨，棺槨四周放了許多青銅製及陶製的日常用品，例如碗碗碟碟、花瓶、罐子等東西。

李理美淚如泉湧，眼前景況和一千多年前一點沒變，唯一不同的，是棺槨裏只剩下哥哥李重吉的遺骨。

小嵐很明白李理美心內的痛苦，她用手緊緊地握着他的手，表示安慰及支持。

　　李理美突然擦乾了淚，說：「我已經失去了哥哥，再不能失去父皇和母后了！小嵐，幫助我回到過去，我要救出父皇和母后，我不能讓他們葬身火海。」

　　小嵐說：「你放心好了，只要等時空器充滿了電，我就送你回去。」

　　「可是，我可能沒辦法替你們找回傳國玉璽了。看來，父皇所託非人，大將軍並沒有把玉璽放進哥哥的墓裏。」李理美歎着氣。

　　小嵐安慰說：「李大哥，不要緊，你已經盡力了。」

　　小嵐心裏其實很有點失落，不遠千里來到此地，以為可以尋到傳國玉璽，誰知……

　　她不想就這樣放棄，繼續搜索着墓穴裏的每一個地方。突然，她的目光落在棺槨裏的陶枕旁邊——那裏有個四四方方的印子，顏色跟旁邊的有點不同。

　　她一把抓住李理美：「你看那陶枕旁邊有一小塊四寸見方的痕跡，像是曾經有過什麼東西擱在上面。」

　　李理美仔細一看：「咦，真是有個方印子！那

裏一定曾放過一件四方形的東西。這東西一定是盜賊拿走了！」

「四方形？是傳國玉璽，拿走的一定是傳國玉璽！」小嵐激動地説，「我想，盜墓賊一定知道墓裏有稀世珍寶，他是衝着傳國玉璽而來的，所以別的東西他一點不動，好讓人們以為沒丟東西而不加追究！」

「你分析得很對！」李理美不住地點頭，「但他是怎麼知道墓裏有傳國玉璽的呢？」

小嵐説：「這點我也想不通。但只要抓到盜墓賊，一切就會真相大白了。」

李理美説：「但是，盜墓賊現在已經逃之夭夭了，上哪去找？」

小嵐信心滿滿地説：「人走過必留下痕跡，天網恢恢，他一定跑不了的！」

「嗯！」李理美看着小嵐那自信的眼神，用力地點點頭。

「玉璽的事，要告訴朱副隊長嗎？」

小嵐想了想：「暫時別講，因為你沒法説清為什麼知道墓裏有玉璽。」

「對啊！」李理美點點頭。

他突然覺得鞋底沾了什麼東西，便用力跺了幾下，鞋底下掉了一張小小的硬紙片出來。

眼尖的小嵐發現那紙片上有字，便彎腰撿了起來。

原來是一張名片。

小嵐的目光盯在名片上，愣住了。

財來拍賣行　副總經理
王莽

「王莽？！」

小嵐記起了曉星和小吉說的有關遇到王莽的事。

她悄悄地把名片放進口袋，然後拉着李理美走回朱副隊長身邊，他們還在討論着被人打開棺槨的事。

小嵐說：「朱副隊長，請問你們考古隊裏有人叫王莽嗎？」

朱副隊長說：「王莽？沒有啊。你幹嗎這樣問？」

「噢，沒什麼。」小嵐岔開話題，說，「朱隊長，你們不知道墓主人是誰嗎？你們問李大哥好了。」

程隊長看着小嵐和李理美，問：「這兩個孩子是……」

「噢，對對對！那該死的盜墓賊把我弄糊塗

了，還沒給你介紹呢！」朱副隊長一拍後腦勺，說，「我們昨天研究了很久不得要領的、那隻小龜背上的紋飾，原來是後唐最後一位皇帝李從珂的家族徽號，這位李先生，就是李氏後人，他是特地來幫我們解決疑難的。」

「哎呀，那太好了，我們要少走很多彎路了！」程隊長大喜，他又朝其他人招手說，「大家過來一下，聽李先生給我們介紹。」

看着哥哥的骸骨，李理美忍不住眼眶又湧出淚水，他強忍着把淚往肚裏咽。

「墓裏埋的，是後唐最後一位皇帝李從珂的長子李重吉，他在九三四年被閔帝所殺……」

程隊長一拍大腿，喊道：「我們之前的估計還真對了呢！我們猜是一千多年前的墓葬，果然是呢！」

他叫人趕緊把李理美的話記下來，又感激地對李理美說：「李先生，太感謝你了，相信我們接下來的研究會順暢很多……」

李理美說：「我有一個小小要求，不知道你們能否答應。」

程隊長說：「沒問題，你儘管說！」

李理美說：「墓裏的陪葬品你們可以取出研究，但希望把我哥……噢，把我先人的遺骸重新埋

葬，我將感激不盡……」

李理美突然忍不住，大哭起來。

在場的人都被李理美對先人的孝心感動，感到百般安慰。只有小嵐心裏明白，那墓裏埋的是他骨肉相連的親兄弟啊！

程隊長說：「李先生，你放心好了，我們完成有關研究程序之後，會把令先人遺骸重新厚葬，我們說到做到。」

「謝謝！」

小嵐想把李理美儘快帶離傷心地，便跟程、朱兩位隊長告辭了。

第二十章

千里追玉璽

小嵐和李理美回到禁區外時，大家「唰」的圍了上去。「小嵐，怎麼樣？」

「小嵐姐姐，找到玉璽了嗎？」

小嵐一臉凝重：「昨天晚上，有人用迷香迷倒了保安，打開了棺槨，把傳國玉璽盜走了。」

「啊！」

眾人有的呆若木雞，有的捶胸頓足，有的垂頭喪氣，有的怒氣沖沖……曉星問：「抓到賊沒有？」

「沒有！」

「啊！」

又是一陣歎息聲、尖叫聲、跺腳聲。小嵐掏出一張名片：「但是，我在墓地旁邊撿到一樣東西。」

「王莽！」那名片上的名字馬上引起一片尖叫。

曉星氣急敗壞地說：「我早就說這王莽古古怪怪的，這傳國玉璽一定是他偷走了。」

小吉也說：「是呀，他昨晚一夜未歸，肯定是盜墓去了。」

小嵐忙問：「什麼一夜未歸？說來聽聽！」

小吉把他們一大早去1314號房門口「刺探軍情」，遇到大嘴哥哥，得知王莽從晚上出去後就一直沒回過酒店的事，一五一十地跟大家說了。

大家吱吱喳喳爭相發表意見。這王莽一夜未歸，而他的名片又出現在墓地，事情再清楚不過了，玉璽的失竊，八成跟他有關。

但這王莽，是否就是曾經篡奪漢朝政權的那個野心家王莽呢？難道他從一千九百多年前來到了現代？難道他還想重溫當皇帝的美夢？

還有，他又是怎樣成為了財來拍賣行的副總經理？

小嵐一揮手，大聲說：「大家別瞎猜了。要想知道原因，辦法只有一個，就是找到這個不知是何許人也的王莽。」

小吉說：「那我們先回賓館，看看他有沒有回去。」

小嵐說：「好，馬上回賓館。」一大幫人風風火火地回到賓館，又風風火火地衝進電梯。

弄得大堂一眾員工及來往客人都莫名其妙，這班半大不小的男男女女，怎麼像被人追殺似的。

一班人直奔1314號房。

說來也巧，門「吱呀」一聲開了，走出一個人來。各人一愣，莫非來人是⋯⋯

只聽小吉和曉星不約而同大喊一聲：「大嘴哥哥！」

那人一愣，但馬上又笑了，他嘴巴如常地咧得很大：「是你們呀，又找王先生來了？」

曉星說：「是呀，請問他回來了沒有？」

大嘴哥哥說：「你們可真是沒緣份。你們早上前腳剛走，他後腳就回來了。」

小吉和曉星異口同聲地問：「那他現在呢？」

大嘴哥哥說：「他一回來，就匆匆地退了房，走了。」

「啊，走了？！」一片驚呼聲，把大嘴哥哥嚇了一大跳，他倒退了一步，愣愣地看着大家。

小嵐抱着一絲希望，問：「你知不知道他去了哪裏？」

明知多數沒有答案，有哪個客人會告訴酒店員工他下一站去哪裏呢！

沒想到⋯⋯

大嘴哥哥竟說：「我知道。」

「啊，大嘴哥哥，我愛死你了！」曉星樂得抱住大嘴哥哥直嚷。

小嵐大喜，忙問：「能告訴我們嗎？」

大嘴哥哥剛要張嘴，又猶豫了：「這屬於客人的私隱，不方便說！」

曉晴噘着嘴說：「大嘴帥哥哥，請你告訴我們嘛！謝謝你啦！」

小雲也說：「大嘴哥哥，王莽是我們的朋友，我們千里迢迢來找他，有緊要事呢！」

她拚命眨眼睛，一副想哭的樣子。

那大嘴哥哥是好人一個，再看到兩個小美女着急的樣子，忙不迭地就說了：「那位客人買了今天中午十二點二十七分的飛機票，去胡亂國馬提高市了。他還訂了那裏的菲仁酒店。」

「太棒了！」曉星高興得一拍大嘴哥哥，「你真是路見不平出手相助行俠仗義聰明伶俐英明神武大智大勇的英雄豪俠啊！」

真是千穿百穿馬屁不穿，曉星這沒頭沒腦的恭維話竟也逗得大嘴哥哥高興萬分，他笑得嘴巴都快咧到耳朵根了。

小嵐倒是冷靜地追問了一句：「你怎麼知道得這麼清楚？」

「我送餐到房間時，聽見客人在裏面打電話訂機票，他說話時聲音挺大的，我在門口也聽得到。」

「好，謝謝你！」小嵐興奮地喊道，她又看了看手錶，「現在是十一點三十五分，現在趕去機場，說不定還趕得上王莽坐的那班機。我們馬上辦理退房手續，十五分鐘後在大堂集合，目標：機場！」

十五分鐘後，又有七名半大不小的男男女女風風火火爭先恐後奔出賓館。見到的人又都一臉莫名其妙：該不會是酒店裏失火了吧？坐的士到了機場，唉，晚了一步，十二點二十七分往馬提高那班飛機已經停止辦理登機手續了。

一班人又十萬火急地衝往售票處，還算幸運，買到了一小時後飛往馬提高的飛機票。

一小時後，他們的班機順利起飛了。這真是好兆頭啊，竟然沒有延誤呢！這回追蹤國寶有望了。

坐了五個小時的飛機終於到達馬提高，在機場，他們發現很多乘上一班機的旅客還在等行李。原來，那班機因為天氣不好而延誤差不多一個小時，才比小嵐他們的班機早了十幾分鐘到呢！

小嵐說：「曉星、小吉，你們留神看看，說不定王莽還在機場呢！」

曉星和小吉一聽，馬上把眼睛睜得溜圓，東張西望。可惜，直到走出了機場範圍，坐上了的士，還是沒發現有王莽的蹤影。看來，他已經離開機場了。

第二十一章

得來全不費工夫

半小時以後，的士停在菲仁酒店門口。

酒店看上去還挺豪華的，只是好像缺乏管理，大堂顯得亂糟糟，有些客人拿着許多行李，也沒有服務生上來幫忙。

大夥兒在大堂找地方坐了下來，小雲和曉晴自告奮勇去打聽王莽的情況。

兩人跑到大堂櫃台，向接待小姐問道：「我們想找一名叫王莽的住客，他住幾號房間？」

接待小姐回答說：「小姐，不好意思，我們不可以隨便透露客人資料的。你們把名字告訴我，我打電話通知客人，讓客人跟你們聯絡。」

小雲和曉晴又使出之前求大嘴哥哥的「軟功夫」：

「告訴我們嘛，我們有很急的事！」

「是呀，謝謝你囉！」

唉，一點也沒有用，接待小姐不為所動。

小雲曉晴灰溜溜地敗下陣來，小吉和曉星「前

仆後繼」，他們拍着胸口異口同聲說：「瞧我們的，保證馬到功成！」

「好姐姐，我們有很急很急的事找王莽，做做好事告訴我們他住哪個房間好不好？」

「漂亮姐姐，我們謝你十八輩子！」

幾個接待小姐看見兩個長得一模一樣又嘴巴甜甜的可愛男生，都擠過來逗他倆說話，可是，她們到底還是沒有說出王莽住哪裏。她們說，因為早兩天酒店裏曾發生客人被黑社會尋仇事件，所以酒店高層勒令不可以隨便洩露住客資料，如有發生，馬上辭退，因此……

看到小吉和曉星又兵敗滑鐵盧，曉晴和小雲都幸災樂禍的：「馬到沒成功吧？」

「瞧我的！」小嵐站起來，朝櫃台走去。

她想：天下事難不倒馬小嵐，看本公主的！

一個攔在大堂邊上的大告示牌，差點把她絆倒，她停了停，眼睛不經意間瞧見了告示牌上面的字。

「哈哈！」她得意地笑了兩聲，折返了。

大夥兒一見，忙問：「這麼快就回來了，問到了沒有？」

小嵐說：「不用問了。」

「啊！」一個個莫名其妙。

小嵐指指那個告示牌，説：「你們去看看那個告示牌。」

大夥兒「呼啦」一下湧到告示牌前面。告示是用英文寫的，只有曉晴和曉星看得懂，他們兩個看得直樂，曉晴大嚷：「真是得來全不費工夫，王莽住在2526號房呢！」

其他四個「古代人」，卻被那些彎彎曲曲的「雞腸字」弄糊塗了，都問曉晴曉星上面寫着什麼。

曉星得意地説：「那上面説：明天上午，財來拍賣行在酒店小會議廳舉行的拍賣會將如期舉行，已報名者請準時於九時進入拍賣場地。仍未報名者，請聯絡2526號房間，王先生。」

大家都開心極了，果然是得來全不費工夫啊！「財來拍賣行」，不正是王莽名片上那間拍賣行嗎？這王先生，分明就是王莽了。

再看看標明的那些拍賣物品，有青花瓷，有古錢幣，有唐三彩⋯⋯最後一行寫着：不便公開的稀世之寶。

大家都很激動，「稀世之寶」，「不便公開」？哼，分明把傳國玉璽拿來這法治混亂之區，銷贓來了。

大家「呼啦」一聲回到小嵐身邊，等她安排下一步做法。

小嵐說：「我得再確認一下，那王先生是不是王莽。」

她拿出手提電話，撥通了大堂的櫃台電話：「喂，請轉2526號房間。」

那邊傳來一把女聲：「請問2526號房間住客名字？」

小嵐說：「王莽。」

女聲說：「好的，你等等。」

電話接通了，傳來一把粗粗的男聲：「誰？」

小嵐說：「請問是2527號房間的陸先生嗎？」

「打錯！」電話「砰」一聲掛上了。

小嵐朝大家做了勝利的手勢，大家高興得歡呼起來。

「噓——」

小嵐把手指擱在嘴邊，提醒他們低調點，大家都趕緊捂住嘴巴。

因為曉星他們四個人剛才都在接待處亮過相，為怕惹起懷疑，小嵐便讓他們在大堂待着，自己則帶着李理美和荊軻去登記訂房。

小嵐問接待小姐說：「請問二十五樓還有房間嗎？」

接待小姐在電腦上查了查，說：「還有啊！二十五樓全是商務套房，兩房兩廳一洗手間，房間

裏都是雙人，你要幾間？」

小嵐說：「要三間，有嗎？我們三個人，一人一間。」

「有啊。現在不是旅遊旺季，客人不多……」接待小姐看了一會電腦記錄，「那就2525和2527、2529吧。」

「謝謝啊！」

那接待小姐一邊替他們辦手續，一邊偷偷地打量他們，心想這三名客人可真富貴，商務套房住一晚挺貴的，可他們竟然每人住一間！

她哪裏知道，小嵐這叫「漁翁撒網」，她希望碰巧會有一間在王莽住的2526號對面，這樣就方便他們進行監視了。

辦妥手續後，小嵐吩咐荊軻和小吉留在大堂，如果發現王莽離開酒店，就打電話告訴她。

其他人就進了電梯，直奔二十五樓。

真巧！2525號房剛好在王莽房間對面呢，2527號和2529號房就在王莽房間斜對面，小嵐他們可以多角度對王莽進行監視了。

小嵐估計王莽還在房間，她馬上調兵遣將——

她跟小雲、曉晴留在2525號房，可以直接從「貓眼」監視對面；而曉星和李理美就留在2527號房，他們採用房門半掩法，可以看、聽兼備，留意

斜對面王莽房間的動靜。

　　一切安排妥當，就等有機會進入王莽的房間了。

　　曉晴問：「小嵐，你為什麼這樣肯定，東西在王莽手上呢？他會不會交給了別人，或者已經送去了什麼銀行保險庫？」

　　「我只是猜測而已。」小嵐說，「按時間推算，王莽應來不及把東西送到別的地方。」

　　「他會不會在機場就交給了別人保管？」

　　「這麼重要的東西，他一定不放心交給別人保管。東西應該還在王莽手上。」

第二十二章

公主的「邪門歪道」

　　三個女孩子不時從「貓眼」監視對方情況。大約七點左右，小嵐的手提電話突然一陣震動——有電話進入。

　　傳來曉星緊張的聲音：「2526號房間有人出來了！」

　　小嵐趕緊把眼睛湊近「貓眼」，果然，對面房間走出兩個男人來，一個頂着一頭金毛頭髮，一個又瘦又高，看外型特徵，分明是小吉和曉星口中所說的王莽和另一名可疑人瘦子呢！

　　只見王莽提着黑色手提包，瘦子就兩手空空，兩人出門後，鬼鬼祟祟地朝兩邊走廊張望了一下，就往電梯大堂走去了。

　　小嵐急忙吩咐曉星：「你趕快和李大哥跟着他們，看他們去哪裏，打電話告訴我。」

　　過了一會兒，聽到電梯那邊傳來開門聲、關門聲，接着就靜悄悄的了。

　　小嵐打開門，朝外看看，電梯大堂已經沒有

人，相信曉星和李理美已跟着王莽兩人進了電梯。

她關上門，開始等着電話。

屋子裏的氣氛挺緊張的，連一向話多的曉晴和小雲，此時也靜靜地等待着。

小嵐的手提電話又震動起來。

是曉星！他壓低聲音說：「我們跟着王莽，原來他們是去樓下西餐廳吃飯。我和李大哥已經跟了進去，在他們後面找了張桌子坐下了……他們正在看菜牌，看樣子一時半刻不會回房間……」

「太好了！」小嵐喊了起來，「你盯緊點，他們一旦有什麼動靜，就趕快打電話通知我。」

「知道！」

小嵐又拉開門伸頭看看外面走廊，靜悄悄的，連一隻蒼蠅也沒有。

「好，我們啟動第一計劃。小雲，把髮夾借給我開鎖。」小嵐伸手取下了小雲頭上一個草莓髮夾，又說，「我現在就去對面房間尋找玉璽。你們倆分別守在電梯大堂和樓梯間，一旦發現有人上來，就馬上打電話告訴我。」

小雲有點莫名其妙：「這髮夾也能開鎖？」

「你不知道我們公主博學多才，連邪門歪道也懂一點點嗎？」曉晴拉了小雲一把，說，「走吧，我們替小嵐把風去，你在電梯大堂，我在樓梯

間……」

　　小嵐說：「小心點啊，讓人看見本公主在此幹些雞鳴狗盜之事，那我顏面何存！」

　　「嘻嘻……放心吧，公主！」曉晴笑着說。

　　大家分頭行事。

　　小嵐走到2526號房間門口，看看左右沒人，便蹲下去，將髮夾放進匙孔，一下一下地撥弄着……

　　幸虧這酒店用的仍是舊式門鎖，如果是用電子鎖，那她的小伎倆就無法施展了。

忽然，有把聲音在她身後響起：「小姐，你在幹什麼？」

嚇得小嵐魂飛魄散。

幸虧她的應變能力很好，她馬上站起來，說：「沒什麼，我在開門呀！」

站在她身後的是一個穿着保安員制服的男人，他手裏拿着一枝很大的電筒，狐疑地看着小嵐：「你是在開門，但好像用的不是鑰匙……」

「怎麼不是呀？」她攤開手，手裏是一條連着房號牌子的酒店門匙。

「噢，對不起！」那人看看房號，說，「小姐，你走錯門了，這間才是你住的2525號房。」

他指了指對面房間。

小嵐裝出恍然大悟的樣子：「哦，怪不得剛才怎麼也打不開門！謝謝你啊！」

保安走了。

小嵐擦擦額頭上的汗，舒了一口氣。向樓梯間望去，見到曉晴一手拿着手提電話在跟誰講話，一手向她舉手作道歉狀。

原來曉晴剛才只顧跟人聊大天，竟連保安走進來也沒察覺。

小嵐朝她舉起右手，做了一個敲人腦袋的手勢，心裏氣呼呼的：「壞曉晴，差點誤了大事。等

會才好好教訓你!」

小嵐又繼續開門鎖,不一會兒,「咔」一聲,門被打開了。

「耶!」小嵐心裏歡呼了一聲,閃身進了房裏。

她迅速翻尋起來。

小保險箱的門是虛掩着的,箱子裏面沒有任何東西。

行李箱、衣櫃、牀頭櫃、電視櫃、書桌,沒有!枕頭下、牀底下,也沒有!甚至浴室、洗手間也找了一遍,還是沒有!

在哪裏呢?

突然,她想到了王莽剛才離開時拿着的手提包……

啊,王莽把玉璽帶在身邊了!

她走出2526號房,關上門。又打了個電話給曉星,曉星一聽小嵐的聲音,就着急地問:「找到玉璽了嗎?」

「沒有。」小嵐又問,「王莽還帶着那個黑色手提包嗎?」

曉星說:「是呀!他一直放在身邊,不時用手摸着,好像很小心的樣子。啊!莫非……莫非玉璽在裏面?!」

小嵐説：「很有可能。你記着，先別做任何動作，繼續監視着他們，有動靜就通知我。我們商量一下如何做，再告訴你。」

小嵐又急忙打電話把曉晴、小雲，還有荊軻及小吉叫了回來。

一眾人集中在2525號房，小嵐説：「情況緊急！玉璽很可能就在王莽帶着的那個黑色手提包裏。大家都出出主意，怎麼辦？」

荊軻説：「我現在就去找那賊人，以我的武藝，不信搶不回來。」

小嵐搖頭：「不行啊，餐廳裏還有其他客人，打起來很容易傷及無辜。」

小雲説：「晚上趁他們睡着的時候，小嵐再開門進去，把玉璽取走！」

曉晴説：「房間裏放着這麼寶貴的東西，他們一定十分警惕，萬一小嵐被抓住，那便再糟糕不過了。到時全世界報紙都會報道：烏莎努爾公主馬小嵐，在馬提高因入屋盜竊被捕，那才叫震驚呢！」

「我有辦法！」小吉眨眨眼睛，「不可以明搶，但可以暗取呀！」

小嵐挺感興趣地問：「怎麼個暗取法？」

小吉説：「你們等等。」

説完，小吉「砰砰砰」跑回2527號房，拿來了

他的那個大背囊。他伸手在裏面翻了一會兒，拿出一個四四方方的東西，在桌上一放。

「假玉璽！」大家一齊嚷嚷起來。

小嵐拿起假玉璽，訝異地說：「好小子，你不嫌重嗎？怎麼把這也帶在身上了！」

小雲睨她弟弟一眼：「他呀，就喜歡把好玩的東西都帶在身上。」

小吉說：「還幸虧我把它帶來了，要不，怎麼可以演一齣偷梁換柱的戲呢？」

「偷梁換柱？用這假玉璽換走王莽手提包裏的真玉璽？神不知鬼不覺，又不用打鬥傷及他人……」小嵐笑嘻嘻地看着小吉，「好辦法好辦法！」

小吉受了鼓勵，十分開心。

「不是說王莽包不離身嗎？這好難哦！」小雲表示質疑。

小嵐說：「不難不難。我們只需用笨辦法，這樣這樣……」

小嵐又再調兵遣將。一切安排就緒後，她打了個電話給曉星，問道：「你那裏情況怎樣？」

曉星壓低聲音說：「他們吃完飯了，剛開始喝餐茶。啊，瘦子捂着肚子去洗手間了……」

小嵐一聽大喜，又急忙問了些其他情況，便對身邊幾個伙伴說：「瘦子上洗手間了，只剩下王莽

一人。大好時機，我們可省去引走瘦子的麻煩了。好，第二計劃正式啟動，帶齊行李，出發！」

　　大家所謂的「行李」，無非就是一人一個背囊，所以一會兒就收拾妥當出發了。

　　在去西餐廳的路上，小嵐又跟曉星簡單地講了行動計劃。

第二十三章

在馬提高遇上叛亂

　　正如曉星所描述的，餐廳裏客人不多，二十多張桌子只有七八張桌坐了人。王莽坐在餐廳中段靠牆的一張桌子，在他周圍，除了後邊桌子坐了曉星和李理美外，其他三四張桌子都是空的。

　　五個人分成三批走進餐廳。

　　荊軻先進去，他徑直走到曉星和李理美坐着的那張桌子坐下。

　　小嵐帶着小雲和曉晴，經過王莽的桌子，在他正對着的一張空桌子前坐下了。

　　小吉站在門口，等候時機。

　　王莽正拿着杯奶茶，慢慢喝着。見到前面桌子坐了三個少女，一個比一個漂亮，竟看呆了。小吉在門口望到，心想機會來了，便蹦蹦跳跳地跑了進去，經過王莽身邊時，故意往他身上一撞——

　　「呼啦」一聲，大半杯熱奶茶潑落王莽身上，他被燙得跳了起來。

　　王莽馬上露出一副兇巴巴的模樣，罵了一聲：

「臭小子，看我揍你！」

這時，小嵐、小雲和曉晴全跑過來了。

小嵐裝出一副抱歉的樣子：「對不起對不起，是我弟弟不小心！」

又故意罵小吉：「你太調皮了，回去告訴媽媽罰你！」曉晴和小雲就一左一右，用紙巾替王莽擦衣服上的奶茶。

王莽收起了兇相：「不要緊不要緊……」

誰知小吉卻朝他伸舌頭扮鬼臉：「活該！活該！」

王莽大怒，伸手要打：「臭小子！」

小嵐等三個女孩子忙圍上去勸阻，又故意用身子擋住王莽視線……

趁着混亂，坐在王莽後面的荊軻伸手往王莽的手提包一摸，果然摸到方方正正的、硬硬的一個東西。他迅速打開手提包，把那東西拿了出來，又從自己背囊拿出小吉的假玉璽，塞了進去。

荊軻不愧是著名劍客，他的動作太敏捷了，一切只在幾秒內便完成。

這邊荊軻剛弄好，那邊王莽已想起身邊的手提包，只見他推開小雲，拿起手提包一摸，摸到東西仍在，才放下心。他又一手護着手提包，一手指着小吉大罵。

這時，荊軻那桌子的人已起身離開餐廳，小吉見狀，知道他們已成功「偷梁換柱」，便趕緊裝出害怕的樣子，抱着頭跑出餐廳。

「你這壞小子，看我們教訓你！」小嵐、小雲和曉晴邊罵着，邊追了出去。

他們都沒有回酒店房間，而是按計劃徑直去了對面的達威酒店，一會兒，七個人就在大堂集合了。

荊軻拿出玉璽，李理美湊近仔細瞧着，馬上面露激動之色，他用手指着玉璽下方一處地方：「看，是小烏龜，我刻的小烏龜呢！這是真正的傳國玉璽啊！原來大將軍不辱使命，把我父皇委託的事辦好了！」

大家高興得直想歡呼，但看到小嵐急忙發出的「噤口令」，又忍住了。

只是一個個忍不住咧嘴笑——終於找到傳國玉璽了，真是不枉此行啊！

唯獨荊軻，他看玉璽的眼神總有點怪怪的，像看着個不共戴天的仇人。

他心裏還恨着秦王，而且「恨屋及烏」，也恨這個傳國玉璽。

只是他尊重小嵐，所以又「愛屋及烏」，沒有出手破壞。

因為恐防王莽發覺玉璽已調換，小嵐便帶着眾

人，從達威酒店的後門匆匆離開。他們分乘兩輛的士，直奔機場而去。

留在這裏多一刻，危險都仍然存在。得趕快把傳國玉璽帶回中國，讓這稀世奇珍「完璧歸趙」。

小嵐和荊軻、小吉和曉星坐一輛車。小雲、曉晴和李理美的車子緊跟在後。

小吉和曉星開心得不斷唱着歌。小嵐的背囊裏放着傳國玉璽，所以她有點緊張，一直用手捂着。她只希望到機場後順順利利地買到去任何一個地方的、馬上起飛的機票，儘快離開此地。

誰知還真的應了「好事多磨」這句話！

車子剛進入前往機場的那條路，就被幾個持槍警察攔住了。

曉星一下子小臉發白，在小嵐耳邊小聲說：「糟了，莫非王莽報了警，來抓我們了？」

小嵐也不禁吃了一驚。但想想，胡亂國的警力向來渙散，做事哪有這麼雷厲風行？你這一刻報警，他可能等到幾小時後才有所行動呢！

小嵐斷定這關卡不是針對他們的。

這時，一個警察走來，用當地話向司機咕嚕了幾句，那司機扭頭跟小嵐說：「反政府的黑衫軍佔領了機場，機場暫時關閉了。」

小嵐一驚，這麼一鬧，機場真不知道哪天才能

重開呢!

馬提高一定不可留,王莽很快就會找來的。

她急忙問司機:「司機先生,這裏太危險,你能載我們去別的地方嗎?就去鄰近城市白唐高,行嗎?我們可以出三倍的車錢給你。」

司機搖搖頭:「你給多少錢都不行。因為政府為了防止黑衫軍增援,已實行全城戒嚴,我們出不去的。我就做做好事,把你們送去酒店吧!去黑山酒店,那裏較安全,房間玻璃都是防彈的。」

小嵐無奈,只好謝過司機伯伯。

曉晴他們那輛車的司機叔叔可沒有這伯伯那麼好,他正在趕客人下車呢!他說路面不安全,得馬上回家躲避。

司機伯伯見了,馬上過去,對那叔叔又是勸又是罵的,那司機最後才勉強點了頭,答應載他們去黑山酒店。

半小時後,兩部的士都到了黑山酒店,那司機叔叔拿了雙倍的車錢,一溜煙把車開走了。

好心的司機伯伯叮囑說:「你們最好不要再上街了,免得流彈傷了你們。」

小嵐向伯伯謝了又謝,又塞給他一疊錢。但伯伯只拿了該拿的一程車錢,就走了。

此時已是晚上。一行人站在酒店門口觀察市面

情況，看見大街上的商舖全都關了門，少數行人都急匆匆走着，有荷彈實槍的軍人在吆喝着，驅趕着一些走得慢的行人。

「砰！」不知哪裏有人放槍，槍聲嚇得所有人一驚，街上的行人都沒命地跑了起來。

小嵐和一眾人趕緊走進酒店。

第二十四章

萬卡從天而降

黑山酒店的接待處亂糟糟的，辦理入住的客人擠了一大堆，可能因為事情發生得緊急，好些本來準備離開的旅客都被迫留下來了。

曉星和小吉自告奮勇去辦理入住手續，他們仗着個子小在人裏「吱溜」一下便擠到了櫃台前，很快便訂下了三個房間。

一班人入住各房間，放下東西，又不約而同地集中在小嵐三個女孩住的大套房裏。

小吉和曉星把鼻子尖貼在玻璃上，看着下面冷清清的街道。

「噼里啪啦！」一串嚇人的槍聲，在寂靜中發出巨大轟響，嚇得小吉和曉星趕緊從玻璃窗邊彈開。

曉晴和小雲臉色刷白，趕緊躲到荊軻身後，一人抓住他一隻胳膊。

小嵐瞪了他們一眼，沒好氣地說：「躲什麼！這是防彈玻璃，沒事的。」

「唉，真倒霉！還以為大功告成，可以馬上回

家了，誰知道還得待在這討厭的地方。」曉晴往牀上一倒，大聲抱怨着。

曉星說：「姐姐，我們算幸運了，遇到了好心的司機伯伯，把我們送到這安全的地方。要不，這時候還不知道被扔在哪裏，耳邊子彈『嗖嗖』響，叫天不應，叫地不靈呢！」

小嵐說：「曉星說得對，情況不算糟，起碼現在不會有生命危險。如果我們在半路上，又人生地不熟，那才叫慘呢！」

曉晴一骨碌坐起：「小嵐，真的不要緊嗎？」

曉星睨他姐姐一眼：「你真膽小！你不知道嗎？跟着小嵐姐姐，就沒問題。」

小嵐一挺胸：「當然，天下事難不倒馬小嵐嘛！」

那四祖孫，還有李理美，都不約而同地喊道：「對，天下事難不倒馬小嵐！」

荊軻沒吭聲，但卻把佩服的目光投到小嵐身上。一個弱質纖纖的美少女有如此豪氣及膽略，令他這個俠骨雄心的大劍客也為之折服。

一班人開始呵欠連天了。小嵐說：「喂喂喂，別在我們這裏睡着了，我們三個女孩子可沒力氣抬你們男子漢回房間，快回去睡吧！」

一個個打着呵欠離開了小嵐她們的大套房。

入夜，睡在另外兩張的小雲和曉晴打起了輕輕的呼嚕，但小嵐卻翻來覆去，怎麼也睡不着。

其實，她一直擔心着呢！

馬提高這地方政治鬥爭頻繁，之前也曾發生過好幾次執政黨和反對黨黑衫軍的爭鬥，都是導致交通全部癱瘓，要軍隊出動鎮壓，十多天後才能恢復正常。

十多天，這對傳國玉璽的安全存在多大的變數啊！

王莽決不是善男信女，他挖空心思盜走傳國玉璽，來到馬提高拍賣，就是想將國寶換個好價錢。如今美夢落空，他能善罷甘休嗎？

此等無恥之徒要是發起狠來，他們一眾人等不知能否跟他抗衡。馬提高黑社會勢力猖獗，如果他利用這股勢力尋上門來，那他們就更加危險了。

小嵐爬起牀，走到窗邊，希望能看到外面的情況，但這酒店用的防彈玻璃透明度不怎麼高，外面朦朧一片。她想了想，便打開房間門，悄悄走了出去，乘電梯一路到了天台。

借着月色，她發現天台上有個直升機的停機坪。不禁心想，要是有架直升機就好了，那就可以馬上從這裏直接離開，到安全的地方再轉乘回國的航班了。

可惜，在馬提高她一個熟人也沒有，更談不上能幫忙的朋友了。

她不禁想念起萬卡來。唉，要是他在就好了。天下事真真正正難不倒的，不是馬小嵐，而是萬卡呢！

黑山酒店樓高七十層，所以能把馬提高市面情景一覽無餘。

只見全城民居都烏燈黑火的，不知是因為實行燈火管制，還是市民生怕燈光會招來危險，所以都不敢開燈。

東面機場倒是燈火通明、人聲鼎沸，還有高音喇叭在喊着什麼，又不時響起幾下刺耳的槍聲；通往機場的路上有長長的一串車燈，應是政府派更多軍隊去進行鎮壓⋯⋯

小嵐抬頭看着無垠的蒼穹，一輪明月正發出寧靜、淡淡的光芒。不管人間發生什麼事，她仍然公平公正地普照眾生，不管你什麼政見，什麼人種，什麼疆域。

小嵐不禁雙手合十，嘴裏唸道：「月亮姐姐，請您保祐地球和平、人類友好；請您保祐馬提高動亂早日停止；請您保祐傳國玉璽平安回到中國⋯⋯」

「哈哈哈⋯⋯」突然，身後有人發出一陣狂笑，把小嵐嚇了一跳。

回頭一看，啊，竟是王莽！他追到這裏來了！

王莽看着小嵐，臉上露出猙獰的笑：「帶傳國玉璽回中國？你別癡心妄想了！」

小嵐毫不示弱，她對王莽怒目而視：「你這個盜璽大賊！你盜取中國珍貴文物，還想私自進行拍賣，你才是癡心妄想！」

「哈哈哈！」王莽又仰天狂笑了一會，說，「小美女，你鬥不過我的，我能先你們一步拿走玉璽，就證明我智慧過人兼運氣好……聰明的，馬上把玉璽還我，要不你的小命不保！」

「大膽惡賊，竟敢羞辱本公主！」小嵐怒罵一聲，她伸出長腿，就朝王莽踢過去。

王莽一閃避過，揮拳就朝小嵐打來。小嵐毫不畏懼，用手一格。

她馬上感覺到手臂一陣劇痛，好像要斷了的樣子。看來自己還真不是王莽對手！她急得竟想大呼：萬卡救我！

沒等她嚷出口，就聽到有人大喊一聲：「欺負小女孩，算什麼男人！」

一個高大身影閃來，橫在王莽與小嵐中間。

小嵐一陣狂喜，難道真的這麼神奇，一想萬卡，萬卡就來了？

定睛一看，啊，原來不是萬卡，是荊軻大哥！

王莽嚇了一跳，馬上停止進攻。他不懷好意地

看着荊軻，説：「原來是中國史上的天下第一劍客，荊軻英雄。」

荊軻狐疑地看着王莽：「你怎會認識我？」

王莽陰陰地怪笑着：「當然認識！那天我剛好一個人登山晨運去到龜背地，把你們的秘密全聽到了。從那以後，我一直跟着你們，只不過你們太笨，沒發覺而已。」

小嵐心內懊惱，自己也太大意了，原來王莽之所以能順利從古墓盜走玉璽，都是他們不小心造成的。

「哼，真是陰險小人！」小嵐生氣地説，「你跟篡漢的王莽是什麼關係？莫非……」

「莫非……莫非你以為我也是從過去來的？以為我就是那個做了皇帝的王莽？」王莽奸笑道，「我也想早生兩千年，過一下做皇帝的癮。可惜我只是王莽的子孫。」

小嵐鼻子哼了哼：「哼，一個篡權，一個盜璽，你和你祖宗一路貨色！」

王莽陰陰笑道：「成者為王，歷史向來如此。小美女，別再口硬了，趕快交出玉璽，免你一死。」

小嵐説：「有我荊軻大哥在，你休想得逞！」

王莽仰天狂笑：「就憑他？一個劍客如果沒有長劍在手，他還能神氣到哪裏？」

「大膽狂徒，看拳！」這時荊軻早已忍不住

了，揮拳就朝王莽打去。

王莽迎了上來，兩人拳來拳往，打得難分難解。但漸漸地分出優劣來了，荊軻正義在胸，所以氣勢很快就壓過了王莽。

王莽乃一無恥之徒，見到打不過荊軻，便「唰」地拔出一把明晃晃的短刀，向荊軻亂刺。

小嵐怕荊軻受傷，正想衝上去助陣，就在這時，王莽趁荊軻露出了一個破綻，持刀猛地向着荊軻刺去⋯⋯

此時，荊軻要避也來不及了，鋒利的刀尖，瞬間已去到他胸前⋯⋯

「荊軻大哥！」小嵐驚叫一聲。

就在這時候，就在王莽的刀尖還差零點零零零零一秒就插入荊軻心臟的危急之時，神奇的事發生了。

一團藍光瞬間出現，把荊軻裹住，王莽像碰上一張彈簧牀墊一樣，連人帶刀子被彈了回去，跌在地上。

轉眼間，荊軻的身體騰空而起，又飛速旋轉着，很快就不見了。

小嵐高興得流下淚來，她明白，荊軻大哥是回到過去了。他在危急關頭被藍光帶到現代，又在危急關頭被藍光帶回古代了。

天憐英雄，命不該絕！

小嵐遙望長空，心裏默默地為荊軻大哥祝福，祝願他回到戰國，放下仇恨，和銀月公主幸福快樂地生活在一起。

再說王莽眼巴巴看着荊軻從他刀口脫險離去，不禁懊惱萬分。他驚魂稍定便爬了起來，向着幾步之外的小嵐喊道：「跑得了和尚跑不了廟！小美女，快拿玉璽來，我已經不耐煩了，再不還我玉璽，我真對你不客氣了！」

小嵐還沒吭聲，便聽到身後響起一片聲音：「誰敢欺負小嵐！」

「呼啦」一聲，圍上來一大幫人，保護住小嵐。

正是曉晴曉星，小雲小吉，還有李理美。

王莽先是嚇了一跳，再看看是那幫換走他寶貝的少男少女，又獰笑起來：「哈哈，太好了，全都送上門來了，我正要找你們算賬呢！竟敢用偷梁換柱、偷天換日的詭計換去我的寶貝。我饒不了你們！」

曉星大聲地哼了一下：「不害臊，那寶貝是你的嗎？是我們國家的，是中國人的。你偷國家的東西，還要賣到外國，你是徹頭徹尾的盜璽大賊，出賣文物的大賊！」

「對，大賊！大賊！大賊！」大家異口同聲地喊着。

王莽惱羞成怒，他舉起刀子，說：「我不把你們剁成肉醬，我就不姓王！」

小嵐見他臉露兇光，慌忙上前護住眾人：「不許傷害我的朋友！」

王莽卻沒有住手的意思，他一步步逼近小嵐他們。

情況萬分危急。

「嗖！」不知哪裏飛來一枚飛鏢，正正扔中王莽持刀的手。王莽慘叫一聲，刀子「噹」地跌到地上了。

幾乎是同時，一張繩網從天而降，「啪」一聲落地，剛好網住了王莽。王莽急忙掙扎，卻被網得越緊。

大家又驚又喜，抬頭一看，原來不知什麼時候，一架直升機已來到上空，剛才他們集中精神對付王莽，竟沒有發覺。

只見機艙門口站着一個人，正朝地上的人揮手。大家歡呼起來，他一定就是剛才扔飛鏢、拋繩網制止王莽行兇的人。

小嵐感激地望着那人，她心裏奇怪，在這陌生的城市，有誰會來救他們呢！

直升機的大燈突然一亮，把站在機艙門口的那人照得清清楚楚，只見他英俊剛毅、氣度不凡——

竟是萬卡！

「萬卡哥哥！萬卡哥哥萬歲！」曉晴曉星歡呼起來。

萬卡微笑着朝他們揮手。

直升機徐徐降落機坪，萬卡跳了下來。曉晴迫不及待想撲上去擁抱他，卻讓曉星一把拉住了：「小嵐姐姐優先。」

萬卡徑直走到小嵐面前，小嵐歪着腦袋瞅着他，笑嘻嘻地問：「你是怎麼找到這裏來的？」

萬卡微笑着說：「是阿猛通知我的。」

小嵐有點奇怪：「馬提高並不是烏莎努爾友好國，他們怎會讓你坐直升機進來？」

萬卡笑了：「他們要求我以極優惠的價錢賣一批石油給他們，我答應了。」

小嵐有點忿忿的，說：「哼，多貪心！」

萬卡一把將她摟進懷中：「沒關係，他們要求再多我也會同意的。在我心目中，你比什麼都重要。」

第二十五章

國寶回家

一周後，香港。

禮賓府的貴賓室內，正舉行着一個簡單的國寶交接儀式。在場的除了六個尋寶勇者之外，還有中國博物館館長呂小凡、古文物評鑑權威楊學書教授和他的幾個高足。

見證者有烏莎努爾國王萬卡、香港特區行政長官羅建中。

當然少不了一大批聞風而來的中外記者。

當小嵐把傳國玉璽交到楊教授手裏時，老教授老淚縱橫，大聲喊道：「傳國玉璽終於回家了！我此生無憾了！」

呂小凡代表中央政府，向馬小嵐等六人頒贈榮譽證書。他説，日後會在北京安排一個隆重的「國寶回家」典禮，希望小嵐等人都能出席。

小嵐説：「好的，如果時間許可，一定出席！」

交接儀式一結束，小嵐等人就被記者重重包圍了。

「小嵐公主，您真是能人所不能。不久前剛在敦煌幫忙尋回了失蹤多年的金字大藏經，這次又找到了失蹤幾千年之久的傳國玉璽，您真厲害啊！」

「小嵐公主，傳聞您有超能力，不知是不是真的？」

「小嵐公主，您能跟我們講述找尋玉璽的詳細過程嗎？」

小嵐當然不可以講出過程，因為有很多東西無法說清楚，她也不想事情曝光讓小雲小吉和李理美被人當白老鼠般來研究。

正在混亂之際，有四個身穿白色西裝的男子撥開人走了進來，為小嵐等人隔開一條通道。

啊，是阿猛他們呢！

小嵐從來沒有像今天般覺得他們如此重要，她說了聲「謝謝」，便趕緊從通道裏離開了。

外面羅建中早已備好車子，把一干人等送回酒店。

之後是一段很快樂的日子。

萬卡拋下國務，和小嵐等人在香港玩了三天，在迪士尼乘過山車，坐咖啡杯……

兩周後。

到了一班朋友分手的時候了。

時空器已充滿了電，可以使用了，小雲小吉和

李理美也要回家了。

他們計劃好，由小雲小吉先送李理美回後唐。李理美希望回到城破的前一天，他決定說服父皇李從珂放棄幻想，激流勇退，一家人離開皇城，找一個山清水秀的地方，過平淡日子。

小雲小吉把李理美送回後唐，再回他們宋朝的家。但有個難題就是：怎樣把時空器交回小嵐呢？大家都沒了主意。

小嵐突然想起什麼，高興地說：「有辦法了！」

大家都朝她看去。

小嵐說：「小雲小吉，你們記不記得，我們在宋代的時候，小吉曾在莫高窟挖了個洞放了一個陶製盒子進去，準備利用盒子寄信給未來的我的……」

小吉一聽便明白了：「對對對，小嵐姐姐，你一定是要我回到宋代後，把時空器放進陶製盒子裏，你稍後就可去到那個地方，取回時空器！」

小嵐豎起大拇指：「聰明！」

小雲說：「咦，這是個好辦法啊！」

曉晴曉星都很興奮，搶着說：「太好了，以後我們還可以用這辦法通信呢！」

大家都很高興，只有李理美有點悶悶不樂的。與大家相處多天，他也喜歡上了這班又勇敢又可愛的朋友，捨不得離開他們。但他不知道回後唐後命

運如何，也不知將會在哪裏棲身，所以無法跟朋友們約定什麼。

「李大哥，別不開心。」小嵐猜到他心裏想什麼，「友誼不在乎天長地久，只在乎曾經擁有，我們把彼此記在心裏，就不枉相識一場了。希望你回到後唐，救出你家人，然後好好地生活下去。」

李理美感動地看着小嵐：「謝謝你！」

三周後，烏莎努爾。

御花園裏，風光明媚，小嵐一個人坐在鞦韆上，一盪一盪的。

忽然，鞦韆漸漸慢了下來，又慢慢停住了。她微微地仰起頭，看着萬里藍天，在默默地沉思着。

萬卡悄悄地走近，在離小嵐十幾步遠的地方停下來了，他用欣賞的目光在打量着心愛的女孩。

他看慣了她活潑的樣子，開心的樣子，發小脾氣的樣子，發號施令的樣子……原來，她沉思的樣子也這樣美。

「啪啦！」不小心踩到一根樹枝。

小嵐被驚動了，朝發聲的地方看過來。

「嗨！」她高興喊了一聲。

「嗨，小嵐！」萬卡朝她走去。

「一塊坐。」小嵐往一邊挪挪，讓萬卡跟自己一塊坐在鞦韆板上。

萬卡問：「在想什麼？」

小嵐回答：「想荊軻大哥。」

「哦⋯⋯」萬卡心裏有點酸溜溜的。

小嵐側着頭看了他一眼，捂着嘴嘻嘻地笑了起來：「哦，你吃醋！」

萬卡臉有點發紅，說：「沒有啊，我哪有！」

「有有有！」

「沒有沒有沒有！」

「就是有有有！」

「就是沒有沒有沒有！」

「嘻嘻嘻！」小嵐調皮地笑了。

萬卡禁不住伸手把她的鼻尖刮了一下：「好啊，你捉弄我！」

「哎喲！」小嵐誇張地嚷了起來。

萬卡嚇了一跳：「弄痛你了？」

「是呀，你看，都紅了！」小嵐撅起嘴，用手指着鼻尖。

萬卡急忙湊近去，用嘴去吹小嵐的鼻尖。

說時遲那時快，小嵐伸手在萬卡的鼻尖彈了一下。

「哎喲！」萬卡用手捂住鼻子。

「哈哈哈⋯⋯」小嵐笑得渾身亂顫。

「小壞蛋！」萬卡忍俊不禁，也笑了起來。

靜靜地佇立在幾十步遠的一班宮女，都好奇地朝這裏看過來，不知道國王和小嵐公主在樂些什麼。

　　這時，學者羅利急急走來了，他是烏莎努爾歷史研究所專門研究中國歷史的權威。他邊走邊喊道：「國王陛下，公主殿下！」

　　萬卡問：「什麼事？」

　　沒等羅利回答，小嵐就說：「他是來找我的。」

　　小嵐問道：「羅利先生，找到荊軻的新資料了嗎？」

　　羅利顯得很興奮：「公主，謝謝您命我重新翻查荊軻的資料！」

　　「啊！」小嵐跳下鞦韆，有點緊張，「難道你發現荊軻再次刺秦王？」

　　「哦，不不不！」羅利說，「荊軻沒有再次刺秦。」

　　小嵐放了心，她一直擔心，荊軻回到過去以後心有不甘，再去刺秦，那麼中國歷史就可能被徹底改變了。

　　「那你發現什麼了？」

　　羅利眉飛色舞地說：「我有個重大發現，荊軻刺秦之後，很可能沒有死！」

　　小嵐點點頭，嘴裏嘀咕着：「這個我知道。」

　　「啊！」羅利有點愕然，「公主知道荊軻沒死？」

「不是不是，我是說知道荊軻沒有再次刺秦。」小嵐忙掩飾過去，又問，「你是怎麼知道荊軻刺秦後仍生存的？」

羅利說：「我查到了一些資料，就在荊軻刺秦之後，江湖上出現了『雌雄雙俠』。這對雌雄雙俠武藝高強，來無影去無蹤，專門搶劫貪官和無良商人，去幫助窮人和弱小百姓。據見過雌雄雙俠的人形容，男大俠樣貌特徵跟荊軻極其相似……」

小嵐一聽心中暗喜：如果那男大俠是荊軻的話，女大俠一定是銀月公主！荊軻終於等到他要等的人了！

羅利繼續說：「這事我還得繼續深入研究，荊軻是怎樣從秦王劍下逃脫的？他身邊的女俠又是誰？還有，資料顯示，他每完成一件劫富濟貧的好事之後，都要向人們展示一個手勢……」

他說着伸出右手，把中指和食指豎成一個英文字母「V」，又困惑地說：「這顯然是一個表示勝利的手勢。但是，這可是現代才時興的呀，遠在戰國時期的荊軻怎會懂呢？」

小嵐一聽，已經百分百確定那大俠是荊軻了。

因為她見過曉星教荊軻做那手勢。

她笑嘻嘻地對羅利說：「羅利先生，這事你可以慢慢研究。謝謝你給了我這些信息，你可以退下了。」

「是，公主。國王陛下，公主殿下，我回去工作

了。」羅利分別朝萬卡和小嵐鞠了一躬，然後離開了。

「這回你可以放心了吧！荊軻回去並沒有再去刺秦王，歷史不會被改變了。」萬卡說。

小嵐顯得很高興：「是呀，真高興他還是接受了我的規勸。」

萬卡笑道：「我們的小嵐公主曉以大義，他能不聽嗎？」

「沒錯！」小嵐得意地說，「好啦，我心中大石終於可以放下了，我們散步去！」

小嵐一把拉住萬卡的手，萬卡「哎呀」喊了一聲。

小嵐嚇了一跳：「怎麼啦？」

萬卡急忙把左手往背後一藏，但早被眼尖的小嵐發現了什麼。

「把手給我。」她定睛看着萬卡。

萬卡乖乖地把手伸到小嵐面前，只見他左手幾隻手指都纏着藥水膠布。

小嵐心痛地拿起他的手，問道：「怎麼受傷的？」

萬卡猶豫了一下，才說：「被結他的琴弦弄破的。」

「啊！」小嵐訝異地看着他，心想這傢伙怎麼啦，每天要處理那麼多國家大事，還不夠忙嗎？居然

還學結他!

　　萬卡看着小嵐的眼睛，深情地說：「我只想有一天，可以做做每個戀愛中的男孩都會做的事——給我心愛的女孩唱情歌。」

　　「啊!」小嵐被深深感動了。

公主傳奇8

當公主遇上大俠（修訂版）

作　　者：馬翠蘿
繪　　畫：滿丫丫
責任編輯：胡頌茵　黃稔茵
美術設計：黃觀山
出　　版：新雅文化事業有限公司
　　　　　香港英皇道499號北角工業大廈18樓
　　　　　電話：（852）2138 7998
　　　　　傳真：（852）2597 4003
　　　　　網址：http://www.sunya.com.hk
　　　　　電郵：marketing@sunya.com.hk
發　　行：香港聯合書刊物流有限公司
　　　　　香港荃灣德士古道220-248號荃灣工業中心16樓
　　　　　電話：（852）2150 2100
　　　　　傳真：（852）2407 3062
　　　　　電郵：info@suplogistics.com.hk
印　　刷：中華商務彩色印刷有限公司
　　　　　香港新界大埔汀麗路 36 號
版　　次：二○二一年十二月初版

ISBN：978-962-08-7895-4
© 2011, 2021 Sun Ya Publications (HK) Ltd.
18/F, North Point Industrial Building, 499 King's Road, Hong Kong
Published in Hong Kong
Printed in China